MATRIMONIO POR DINERO

Sara Wood

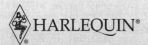

HARLEQUIN®

Editado por HARLEQUIN IBÉRICA, S.A.
Hermosilla, 21
28001 Madrid

MATRIMONIO POR DINERO, Nº 1490 - 7.4.04
Título original: A Convenient Wife
Publicada originalmente por Mills & Boon®, Ltd., Londres.

I.S.B.N.: 84-671-1639-0
Depósito legal: B-6530-2004
Editor responsable: Luis Pugni
Diseño cubierta: María J. Velasco Juez
Composición: M.T., S.L.
Avda. Filipinas, 48. 28003 Madrid
Fotomecánica: PREIMPRESIÓN 2000
c/. Matilde Hernández, 34. 28019 Madrid
Impresión y encuadernación: LITOGRAFÍA ROSÉS, S.A.
c/. Energía, 11. 08850 Gavá (Barcelona)
Fecha impresion para Argentina: 28.2.05
Distribuidor exclusivo para España: LOGISTA
Distribuidor para México: CODIPLYRSA
Distribuidores para Argentina: interior, BERTRAN, S.A.C. Vélez
Sársfield, 1950. Cap. Fed./ Buenos Aires y Gran Buenos Aires,
VACCARO SÁNCHEZ y Cía, S.A.
Distribuidor para Chile: DISTRIBUIDORA ALFA, S.A.

Capítulo 1

BLAKE se hallaba mudo de asombro. Lo único que oía en la penumbra del dormitorio era el alocado latir de su corazón. Y las voces internas que le decían: «No es verdad, ¡es imposible!».

Sus ancestros habían nacido, dormido y finalmente muerto en aquella lujosa alcoba durante generaciones, pero dudaba que ninguno de ellos hubiese oído algo similar a aquellas palabras.

«No eres el heredero legítimo. Eres... el fruto de una relación de amor».

Lo que le había dicho su madre le daba vueltas en la cabeza, impidiéndole pensar coherentemente. Tuvo que hacer un tremendo esfuerzo de voluntad para recobrar la compostura. Tenía que haber una explicación lógica. Su madre se hallaría confusa por la fuerte medicación. Sintió una honda preocupación por ella y disimuló los caóticos sentimientos que lo invadían para calmarla.

–Te he cansado, madre. Deberías descansar un poco –le aconsejó dulcemente.

El enfado se reflejó en los bellos ojos de Kay Bellamie, cuyo rostro, otrora hermoso, anunciaba su próxima muerte.

–¡No me trates como si estuviese loca! –dijo con voz ahogada–. Estoy perfectamente cuerda. ¡Tú no eres un Bellamie! ¡Quiero que lo sepas!

–¡Madre! –se estremeció Blake ante la insistencia de la voz femenina.

–¡Es verdad! No tienes derecho a la herencia –se exasperó ella–. ¡Mírate! ¿Te parece que la sangre Bellamie corre por tus venas? ¿Dónde está tu pelo rubio? ¿Y tu tripa gorda? ¿Y tu nariz? Yo sé quién fue tu padre. ¡Mi amante!

Blake no le pudo seguir la corriente. Aquello era demasiado doloroso y había que ponerle coto.

–Tranquilízate –le advirtió–, habrás estado soñando...

–¡No! –exclamó ella, aferrando la mano de su hijo, cuyo saludable bronceado contrastó con la blancura de la suya, flaca como la garra de un ave–. ¿Sabes por qué me negué a que te pusiesen el nombre de algún antepasado Bellamie? Rompí la tradición porque deseaba desesperadamente conservar algo de tu padre. Un nombre que te ligase a él...

–¿Blake? –preguntó él, perplejo.

–No, no me atreví a ponerte su nombre –dijo la moribunda–. Blake quiere decir «moreno» –cerró los ojos un momento causándole pena–. Has visto las fotos de cuando eras niño –dijo con ronca voz–. Sabes que cuando naciste tenías el pelo negro azabache. Como el de mi amante –una sonrisa se dibujó un en los labios delgados–. ¡Dios Santo, Blake! –prosiguió con vehemencia–. Sé que es duro, pero, ¡créeme! ¡Estoy totalmente cuerda! Morir con este secreto. Por última vez: ¡No eres hijo de Darcy Bellamie! –exhausta, dejó caer la mano.

La mirada masculina se dirigió al retrato de su padre sobre la chimenea. ¿Cuántas personas habrían notado la falta de parecido entre los dos? Nuevamente sintió que no podía pensar, inmóvil junto al lecho de su madre como si le hubiesen dado un mazazo en la cabeza. ¿Por qué le diría aquello? Controló sus tempestuosas emociones, como le habían enseñado durante toda su infancia. Frustrado, no comprendió por qué ella usaba las pocas fuerzas restantes para hacer aquella declaración. A no ser que fuese verdad. Intentó convencerse de que aquello no era cierto, porque aceptarlo lo destruiría. Acarició el sofocado rostro femenino con ternura.

–Madre, las medicinas que te han recetado son unos sedantes fuertes y...

–Llevo días sin tomarlas. ¡Te digo la verdad, lo juro por mi nieto! –gritó.

Aquello lo hizo dudar. Era ridículo, absurdo. Toda la vida lo habían criado, guiado y educado sus padres, institutrices, maestros de esgrima, profesores de equitación y preceptores como el heredero de la casa Bellamie.

La muerte de su padre, Darcy, cuando Blake tenía veinte años, lo había catapultado a una condición en que sus decisiones afectarían las vidas de muchas personas, por lo que las tomaba con sumo cuidado. Tras ocho años, tenía confianza en que aquél sería su papel hasta morir, momento en que su hijo lo sucedería. Sin embargo, tenía que reconocer que, a veces, la constante presión lo ahogaba. Deseaba ser libre, no tener aquella responsabilidad.

¿Habría heredado aquella actitud de su verdadero padre? Los imperturbables y convencionales Bellamie tenían fama de aceptar su riqueza y privilegios. ¿Carecería de su de sangre?

De una cosa estaba seguro. Amaba Cranford Hall, cada brizna de hierba de la extensa propiedad, incluyendo las casas que se extendían hasta Great Aston. ¡Y ahora su madre aseguraba que nada de aquello le pertenecía! De ser eso verdad, habría destruido el fundamento de su existencia. Dios Santo. No podía enfrentarse a aquello. Llevaba veintiocho años viviendo una vida que no le correspondía. Era en realidad el hijo ilegítimo de su madre, ¡un bastardo!

El dolor le tensó los músculos del estómago. Miró a su madre, que lo amaba, y vio la verdad reflejada en aquellos ojos suplicantes. Con la mirada lúcida y clara, ella alargó la mano hacia el relicario que llevaba al cuello y lo abrió.

Blake tragó. Una fotografía. Temiendo lo que veía, se inclinó a escudriñar el pequeño retrato con forma de corazón. Un joven de tez cetrina, cabello negro y ensortijado igual al de Blake, y alegres ojos oscuros. La misma estructura ósea, el mismo fuego en la mirada. Eran dos gotas de agua.

–Tu padre –susurró ella y acarició con cariño la fotografía con un dedo trémulo.

–¡No! –exclamó él, pero se dio cuenta de que lo que ella decía era verdad.

–Míralo –dijo ella con ternura–. Sois iguales –lanzó un suspiro–. Fui suya en cuerpo y alma. Casi lo abandoné todo por él, pero él no tenía nada y yo ya conocía la pobreza. ¡Quería esto para ti! – señaló la suntuosa habitación.

Casi sin poder respirar, Blake se hundió pesadamente en la silla. Su padre. Un torbellino de emociones lo recorrió: enfado, desesperación, y, finalmente, ansia de sentir el amor de su padre. Los ojos se le llenaron de ardientes lágrimas.

Una mano surcada por venas azules se levantó de la colcha de seda salvaje y cubrió la suya.

–Blake, sabes que te quiero –dijo su madre con una ternura que le partió el corazón–. Te he dedicado mi vida entera. Juré que algún día heredarías Cranford...

–¿Heredar? ¿Cómo, heredar? ¡Has hecho que mi situación sea insostenible aquí! –exclamó él, con mayor rudeza de la que hubiese deseado.

Luchaba contra una rabia irrefrenable y las palabras se le habían escapado. No deseaba actuar con honestidad y abandonar Cranford. Deseaba olvidar que aquella conversación había tenido lugar, negar la existencia de aquel hombre risueño de ojos negros, continuar siendo lo que era: Blake Bellamie, el señor de la comarca, orgulloso de sus ancestros.

–¿Por qué? –se quejó.

Comenzó a pasearse intentando resistirse al deseo de permanecer callado y guardar el secreto de su madre. Su hijo, él y Cranford estaban ligados inextricablemente. Ellos eran su vida entera, la razón de su existencia. Sin embargo, la verdad martilleaba en su cabeza sin piedad. Una angustia terrible le abría las carnes. El temor al futuro hizo que le temblaran la piernas. Nunca se había visto presa de sentimientos tan fuertes.

Se apoyó contra un armario chino. Se dio cuenta de lo que tendría que hacer. ¡Dios, la decisión lo hizo estremecerse! Nunca, en la vida llena de privilegios que había tenido, se había sentido tan mal, tan miserable; tan.... vacío y solo.

Tenía el rostro demudado. Sus atormentados ojos se posaron en el rostro de su madre, una figura patética que casi se perdía en la enorme cama con dosel. Una cama que no era suya. Nada era suyo, nada de lo que había imaginado que heredaría. Su vida entera había sido una farsa. Además, su hijo se quedaría en la más absoluta miseria. ¿Qué le diría a Josef, su adorado niño, la luz de sus ojos desde que su mujer lo había abandonado?

Cubriéndose el rostro con las manos, lanzó un gemido. Pero no podría huir de la verdad. Tendría que encontrar al hombre que le había dado la vida.

—Mi... padre verdadero, ¿dónde está? –preguntó, sorprendido ante la fuerza de su anhelo.

—Ha desaparecido. Se ha esfumado –los pálidos ojos de su madre se llenaron de lágrimas–. Le dije que se marchase, le dije que no lo amaba, aunque lo quería tanto que habría dado la vida por él. Lo sigo amando...

Horrorizado, contempló la desolación en el rostro de su madre. Nunca la había visto así. Tras la fachada fría e imperturbable había una mujer apasionada que lo había sacrificado todo por él, incluyendo su propia felicidad. Comenzó a comprender. Durante toda la vida ella le había insistido que un caballero no debía mostrar sus emociones. Cada vez que se había dejado llevar por ellas, lo habían castigado, hasta que se había dado cuenta de que sus manifestaciones naturales de alegría y pena no eran aceptables.

Lo recorrió una oleada de amargura. ¡Al querer que él se comportase como un verdadero Bellamie le había negado su propia personalidad! En algunas ocasiones se había sentido a punto de explotar, pero su madre lo había forzado a controlarse. Entonces, él montaba su caballo y cabalgaba hasta encontrar la calma.

De modo que su pasión y su alegría de vivir eran heredados. ¿Qué más? ¿La inquietud, el deseo de sentir la brisa acariciándole la cara, su rechazo a estar encerrado dentro de la casa durante mucho tiempo? Se dio cuenta de que daba igual. Tendría que marcharse de Cranford y comenzar una nueva vida. Era lo correcto. Palideció y, de repente, supo cómo se llamaba su padre.

–¿Su nombre era Josef, verdad? –espetó, y la suave sonrisa de asentimiento de su madre le causó una opresión en el pecho.

El nombre de su hijo. Lo había elegido ella diciendo que era el nombre de su abuelo húngaro. Blake inspiró profundamente y se aferró al poco respeto que le quedaba por sí mismo.

–Tengo que encontrar al verdadero heredero –dijo mareado–, el legítimo...

–¡No! ¡Giles, el primo de tu padre, no! –gimió ella.

–Si es el heredero legítimo, es mi obligación encontrarlo –afirmó él, arrancándose las palabras una a una de la garganta, porque rehusaban salir.

Ella se mordió los labios con desesperación.

–¿Y que la vida de todos se convierta en un infierno? –gritó descontrolada–. ¡Giles es... –tragó y le falló la voz– es malo, Blake! –pareció buscar las palabras adecuadas para convencerlo, para cambiar la expresión de perplejidad del rostro masculino–. ¡Giles era un borracho! ¡No puedes darle Cranford! –sollozó–. ¡Tienes que pensar en tu propio hijo! –hizo un gesto de desesperación con las manos–. ¡Te lo ruego, cariño! No permitas que me muera sabiendo que mi vida entera, mi sacrificio, ha sido en vano!

Blake quería mucho a su madre y le dolió ver su desesperación. Ella describió titubeante el comportamiento degradante de Giles, asqueándole.

Logró calmarla por fin. Le dio una pastilla y esperó a que se durmiese. Luego, abrumado, se acercó al ventanal. Todo se le hacía diferente, extraño. Nada era suyo. Nada en absoluto. Se tambaleó, agobiado por el cruel dolor de saberlo.

¿Qué tenía que hacer? ¿Lo correcto o lo mejor para la mayoría, incluido él mismo? Lanzó un gemido. ¿Cómo podría ser objetivo en un tema así?

Josef se acercaba montando su poni nuevo. Con el corazón henchido de amor, lo vio charlar alegremente con Susie, la mozo de cuadra. Recorrió con la mirada el parque y las distantes colinas boscosas. Él era parte de aquello, nunca podría dejar de pertenecer a Cranford.

Giles era un hombre malvado. Las tierras, la propiedad y todos quienes dependían de ella sufrirían por su culpa. Blake se dio cuenta de que ya no se trataba de una decisión basada en lo que él deseaba, sino en el hecho de que Giles daría cuenta de la fortuna de los Bellamie en un abrir y cerrar de ojos.

No tenía otra opción. Por el bien de todos los que dependían de él, guardaría el secreto. A pesar de ello, su vida jamás volvería a ser la misma. Se preguntó enfadado si alguna vez podría volver a ser feliz.

Capítulo 2

S UPONGO que os preguntaréis por qué os he invitado a comer tres semanas después de la muerte de mi padre.

A pesar de su porte desafiante, Nicole Vaseux se dio cuenta de que el temblor de su voz la había delatado. Esbozó una forzada sonrisa y contempló a sus invitados, sentados a una larga mesa bajo la viña. Los rostros de sus amigos reflejaban pena por la pérdida de su padre y la alentaron a que continuase.

Alargó la mano y jugueteó nerviosamente con los cubiertos. Seguramente sus amigos intentarían evitar que ella se marchase del país; dirían que no estaba en condiciones de dirigirse a Inglaterra con un bebé de siete semanas. Desde luego que tendrían razón. Después de los golpes que le había dado la vida recientemente, las fuerzas le fallaban, pensó frunciendo los labios, del mismo color rojo pasión que el vaporoso vestido que llevaba.

—Es una especie de despedida temporal —intentó parecer despreocupada.

Se hizo un silencio repentino. Sus amigos estaban acostumbrados a sus reacciones impredecibles, pero se daban cuenta de que ella no estaba demasiado segura de lo que les iba a anunciar. «Ahí va», pensó.

—Mañana me iré en coche a Inglaterra —dijo, levantando la barbilla con valentía—. No sé cuánto tiempo tardaré en volver —nerviosa, se preparó para las protestas que no tardaron en llegar.

—¡*Chérie*! —exclamaron con sorpresa—. Es demasiado pronto. ¡Tienes un bebé recién nacido...!

–Pero es un ángel, mirad cómo duerme –dijo ella. Luc, rubio como el sol, dormía en un moisés–. Será más fácil ahora que cuando esté más activo.

Levantando el tirante que se deslizaba por el hombro, hizo una profunda inspiración. La distrajeron un instante las miradas que los hombres dirigieron a sus henchidos pechos. De las mujeres del grupo emanó una súbita frialdad. Se cubrió estratégicamente con los brazos antes de lanzar la bomba.

–Tengo que ir –insistió–. No hay más remedio que hacerlo. Mi padre me pidió que esparciese sus cenizas en un cementerio inglés.

–¡*Mon Dieu*!

Un murmullo se levantó alrededor de la mesa.

–¡Pero, Nicole, tú naciste en la Dordoña!

–¡Y tienes doble nacionalidad...!

–¡Y tu madre es inglesa, no tu padre...!

–Desde luego, tu padre era francés, Giles Bellamie... un nombre francés, ¿no es verdad? Y tú, chic, artista...

–Lo sé –suspiró ella y se encogió de hombros con un leve movimiento que expresaba su asombro–. Pero lo cierto es que era de un pueblo llamado Great Aston –dijo pronunciando el nombre desconocido con cierta dificultad.

Más voces se levantaron, pero apenas las oyó. Le dolía la cabeza de tanto pensar tras el trauma de su divorcio, el nacimiento de su niño, la muerte de su padre. Aquello era demasiado, hasta para alguien que creía en el destino, como ella. Y luego, de repente, aquello.

Su padre había sido totalmente francés, de aspecto y estilo, aunque siempre habían hablado inglés en casa. Ni siquiera su madre, divorciada de él hacía tiempo e instalada en Nueva York con su segundo marido, conocía la existencia del pasaporte británico bajo llave en el fondo de un cajón del despacho.

Nicole había encontrado el pueblo en un mapa. Se encontraba en una zona rural de Inglaterra, cerca de Stratford–on–Avon y de Bath. Al pensar en lo hermoso que debía de ser el país de Shakespeare, la molestó menos verse forzada a hacer aquel viaje.

–Es una zona interesante. Pensé que podría aprovecharme y tomarme unas vacaciones –anunció por encima del murmullo del inglés y el francés–. La verdad es que me vendría bien descansar un poco –dijo, aludiendo en broma a sus problemas y tomó un sorbo de agua mineral.

–Yo te llevaré –anunció Louis.

–¡No, yo lo haré, conozco Inglaterra! –insistió Leon.

Nicole se dio cuenta de cómo las miradas de aquellos hombres se oscurecían al volverse hacia las curvas que le remarcaba el vestido de seda. Suspiró. ¡Hombres! Lo último que necesitaba en aquellos momentos era un lío amoroso. Su libido estaba totalmente anulada. Tenía otras prioridades.

–Os lo agradezco, pero no –las mujeres se relajaron de forma visible y Nicole lamentó profundamente el cambio de actitud de sus amigos. De repente, se sintió muy sola. Desde que se había divorciado era una mujer peligrosa–. Necesito un tiempo de luto –añadió–. Luego podré pasear un poco antes de retomar mi vida.

Ellos asintieron y varios hombres le recordaron que se asegurase de volver.

–¿Por qué iba a querer vivir en otro sitio? –preguntó, haciendo un elegante ademán que abarcó la maravillosa vista desde la casa, ahora suya. Los frutales estaban en flor, perfumando el aire. Las abejas se afanaban entre flores extranjeras que había plantado su padre. La recorrió un estremecimiento. Aquél era un jardín inglés. Como muchos de los ingleses instalados en la Dordoña, él había reproducido un trocito de Inglaterra en un país extranjero. Miró sin ver las rosas, los lirios, las lilas de dulce aroma. En su mente se repetía una y otra vez la pregunta: ¿por qué? ¿Por qué nunca le había contado su secreto? ¿Por qué su padre nunca había salido de Francia, por qué odiaría su país de nacimiento? ¿O habría algún otro motivo más oscuro para no volver? A pesar de la cálida temperatura, Nicole se estremeció. Aquél era un secreto que tenía que desvelar, aunque le llevase tiempo hacerlo.

–¡Hay una señora tirando polvo en el cementerio! ¡Y tiene una joroba en la tripa!

Josef, excitado, entró corriendo a la iglesia. Llevaba su ropa de domingo, aunque no tan impecable como al salir de casa hacía una hora. Con los ojos brillantes, se detuvo de golpe frente a su padre, que disfrutaba de una taza de café después del servicio religioso.

Habían pasado casi dos semanas desde que Blake se enterase de que no tenía derecho a Cranford, pero le había prometido a su madre no precipitarse. Se había hecho preguntas noche y día; la conciencia lo atormentaba cada vez que tomaba una decisión relativa a la propiedad.

Sólo pensar en Josef le había dado ánimos. Sonrió a su hijo, a la vez que pensaba que estaba acostumbrado a la forma en que el niño utilizaba las palabras. Disculpándose cortésmente, Blake dejó su taza de café, consciente de que todos miraban con indulgencia a su adorado hijo, cuyas salidas de tono eran recibidas con sonrisas en vez de con actitudes ofendidas.

–¿Por qué crees que está haciendo eso? –le preguntó, acariciando con cariño el rostro entusiasta de Josef. Se dio cuenta de por qué su madre lo había sacrificado todo por él. Él también lo habría hecho. Los hijos lo volvían a uno loco, dominaban la mente y el corazón. ¿Un impulso biológico, supervivencia?

–Porque está chalada –declaró Josef–. Dice cosas por lo bajo. Y está llorando.

–¿Llorando? –preguntó Blake e intercambió una mirada con el reverendo Thomas–. Paul, creo que será mejor que vaya a ver qué puedo hacer por ella.

Tomó a su hijo de la mano y se apresuró a salir a largas zancadas.

Nadie cuestionó su autoridad. El pequeño grupo que se reunía después del servicio siempre había dejado que los Bellamie tomasen las decisiones importantes, al igual que lo habían hecho durante más de quinientos años. Aunque todos estaban de acuerdo en que aquel Bellamie era una joya.

Blake salió de la iglesia donde los ancestros Bellamie yacían pacíficamente bajo estatuas de piedra e inscripciones de bronce y no contuvo el aliento al ver las vistas, a pesar de estar acostumbrado. Tras el pequeño cementerio se encontraban los tejados irregulares de las que antes habían sido las casitas de los tejedores. El sol convertía las lajas de piedra en oro. Un bellísimo parque se extendía hasta el valle que había más abajo, verde y frondoso, al igual que el bosque que bordeaba el pie de la colina de Cranford. Blake sabía que aquella belleza, su preciosa herencia, se debía al hecho de que durante cientos de años la zona había producido la lana más fina de Europa. Sonrió orgulloso.

Oyó el dulce piar de los pájaros y el suave murmullo de las abejas. Lo estremeció un amor inexplicable. Aquel sitio se había convertido en parte de sí. Era suyo y él le pertenecía. Legítimo o no, era su cuidador eventual, dedicado a su bienestar y su conservación hasta que su hijo heredase...

—¡Se ha ido, papi! ¿Se habrá vuelto «inveíble»?

—Invisible —lo corrigió él automáticamente—. Vamos a ver.

—¡Pero no se puede ver si es «inveíble» —argumentó su hijo.

—¡Es verdad! —rió él—. ¿Quizá habrá alguna señal mística?

Rodeó la antigua iglesia para buscar a la mujer. Josef iba de puntillas Con el corazón henchido de amor, Blake pensó en lo mucho que se divertía con él.

La mujer estaba tras el tejo milenario de enormes ramas. Delgada, aunque de deliciosas curvas, se encontraba en cuclillas junto a una lápida, por lo que él no le

pudo ver la joroba que aludía su hijo. Cuando ella se
giró, su rostro le indicó que tendría unos veinticinco
años. Su ropa no era nada común: llevaba una falda
larga y vaporosa y un top ajustado que le dejaba al descubierto parte de la morena espalda. Sin embargo, tenía
clase. Quizá fuese el pañuelo de seda alrededor del cuello. El cabello color rubio platino de elegante corte le
enmarcó el rostro con gracia cuando se inclinó a ver las
inscripciones recubiertas de liquen y las tocó con la
mano. No parecía «chalada», pensó, fascinado por su
sofisticación.

–¡Está tocando la tumba! –susurró su hijo–. ¿A que
también es ciega?

Temiendo que dijera una nueva inconveniencia,
Blake lo miró serio.

–Silencio. No quiero oír ni una sola palabra, ¿de acuerdo? Déjame a mí.

Josef apretó los labios y Blake contuvo una sonrisa.
¡Cómo quería a su hijo! Mientras caminaban hacia la
mujer, reflexionó que él serviría a Cranford mucho mejor de lo que lo haría el malvado de Giles. Hacía bien en
guardar la herencia para su hijo, pensó, a pesar de que
la vocecilla de su conciencia insistiese en decirle: «¡Impostor! ¡Mentiroso! ¡Charlatán!».

Nicole lanzó un suspiro de disgusto. Otra lápida in-
descifrable. Comenzaba a desesperarse. Se preguntó si
alguna vez lograría encontrar algo de la familia de su
padre. Con la urna vacía todavía en la mano, se agachó
junto a la siguiente lápida e intentó ver si ponía el apellido Bellamie. Pero aquella también estaba muy gastada y no se podía leer la inscripción.

Desde su llegada a Great Aston había sentido una
vehemente necesidad de encontrar sus raíces en aquel
encantador pueblecito inglés. Su paz le había llegado al
corazón como si quisiese consolarla. La piedra de las
pintorescas casitas lucía dorada en el cálido sol y tuvo
un efecto relajante en su mente, cansada por el viaje.
Todo era muy inglés. Frente a la iglesia había un pub

con vigas de madera y una oficina de correos de tejado de paja. En el prado comunal se hallaban la cruz del mercado y el estanque con patos.

Al dirigirse a la pequeña iglesia había sentido que seguía las pisadas a su padre. Estaba segura de que él habría caminado por aquellos senderos. Él había estado allí riendo con amigos... Saberlo la emocionó como nunca antes. Fue como volver al hogar después de haber estado fuera mucho tiempo. Por primera vez comprendió la maravillosa plenitud de conocer tus raíces, tu pasado. ¡Qué raro que su padre hubiese abandonado aquel sitio encantador! Había cumplido con su voluntad: esparcido sus cenizas al pie del enorme tejo.

Y ahora intentaba cumplir su segundo cometido: encontrar a los parientes de su padre. ¡Pero ni una sola persona de aquel cementerio se llamaba Bellamie!

–*Papa! Quelle trahison!* –se lamentó, deprimida por el fracaso y la despedida a su padre, apoyando la frente contra la gastada piedra. Se puso rígida al sentir una presencia. A través de las lágrimas vio las figuras de un hombre moreno y un niño que la miraban ansiosos a unos metros de distancia.

Al darse cuenta de lo extraña que resultaría su presencia, Nicole se ruborizó y se puso de pie, rodeando con los brazos el bebé que le colgaba del cuello.

Los ojos oscuros y chispeantes del hombre adoptaron una expresión divertida. Eran unos ojos profundos y brillantes que la desorientaron un momento.

–¡Un bebé! ¡Josef, la señora tenía un bebé! –susurró el hombre al niño de ojos curiosos, y éste abrió los labios que antes apretaba con fuerza.

–Pensaba que era una joroba. Una joroba en la tripa –anunció el chiquillo, volviendo a cerrar los labios apresuradamente.

–*Comment?* –exclamó Nicole volviendo a la realidad, sin darse cuenta de que seguía hablando en francés.

–*Une bossue* –explicó el hombre con seriedad y una risilla se escapó de los labios femeninos.

¡Una joroba, qué gracioso!, pensó Nicole. Su mirada azul contempló al hombre, que se había dado la vuelta hacia su hijo. Los hipnóticos ojos negros se clavaron en ella nuevamente:

–*Bonjour, madame. Je m'apelle Blake.*

–Buenos días, Blake –dijo ella, impresionada por el perfecto acento francés que tenía él. Sonrió–. Hablo inglés. Mi madre es inglesa y hablábamos en inglés casi todo el tiempo. Soy Nicole Vaseux –dijo–. Y la joroba de mi tripa se llama Luc –informó a Josef divertida–; tiene siete semanas.

Ante la sorpresa de Nicole, el rostro del niño reflejó una gran pena.

–¡Pobrecillo! ¿Lo has traído aquí porque está muerto? –le preguntó con tristeza.

–¡¡Josef!!

–¡No! –conteniendo la risa, Nicole calmó las protestas horrorizadas del padre con una leve inclinación de cabeza–. Mira. Está bien. Dormidito, nada más –se puso en cuclillas con un movimiento ágil para que el niño mirase al bebé.

–¡Respira!

Asintió con la cabeza. Con el rostro lleno de cariño, se unió a la contemplación de aquel trocito de carne que era su hijo. Le besó con ternura la suave mejilla. Era su vida, por encima de todo.

–*Mon chou* –murmuró.

–¿Es un encantamiento? –exclamó Josef, retrocediendo alarmado.

Los ojos femeninos brillaron al ver el rostro asombrado del niño.

–¿Tengo aspecto de bruja?

–Podrías estar disfrazada –replicó él con cautela.

–No lo estoy. Soy así –dijo ella con una alegre sonrisa–. Hablaba en francés, nada más. Quiere decir «mi cielo», «mi tesoro» –explicó, y viendo la sonrisa satisfecha del niño, se puso de pie nuevamente. Se dio cuenta de que Blake la había estado observando con detenimiento.

Se estremeció. Él era extraordinario. Diferente, aunque no supo por qué. ¡Pero era el primer hombre que la había impresionado de aquel modo!

Alto e impecablemente

vestido con un elegante traje gris pálido, había optado por darle un toque personal al ponérselo con una camisa azul y una corbata violeta. Nicole sonrió al ver que llevaba una margarita un poco marchita en el ojal, segura de que aquello sería cosa del niño.

El bronceado rostro masculino, de aspecto saludable, tenía la boca amplia, la nariz poderosa y las cejas oscuras. El cabello tampoco era convencional. Negro azabache, lo llevaba mucho más largo de lo que lo tendría un caballero inglés. Le daba un aspecto juvenil interesante.

La intensidad de aquellos ojos negros pareció percibirlo todo sobre ella. De repente, ella fue consciente de su falda arrugada y su rostro manchado por las lágrimas. ¡Estaba horrible!

Se secó los ojos con un suave pañuelo de lino y se alisó la falda sobre las caderas.

—Lo siento —dijo él suavemente cuando ella guardó el pañuelo—. No quería molestarla. Pensaba que estaría...

—Loca —apuntó Josef con gran entusiasmo. La mirada con que lo reprendió su padre hizo que protestara inocentemente—: ¿Acaso no estaba tirando...?

—Josef, será mejor que vayas a ver si puedes ayudar al vicario y a las señoras a recoger. Seguro que te darán una galleta de chocolate de premio.

—Quiere que me vaya —le confió el niño a Nicole con un profundo suspiro que le causó risa. Hacía días que no se encontraba tan bien—. Pero luego me dirás por qué tiraba ella ese polvillo, ¿de acuerdo, papá?

—¡Vete! —explotó Blake. Se giró hacia Nicole, quien intentaba mantener el rostro serio. Él lo interpretó como una mueca de disgusto, porque dijo–: Tendrá que volver a disculparme. «Tacto» es una palabra que no figura en su vocabulario, pero yo persevero. Estoy pensando en tatuársela en la frente, ¿qué le parece?

Sus ojos despedían una cálida sinceridad. Un hombre que inspiraba confianza.

–¡Que no tiene mucho éxito que digamos! –exclamó, lanzando una risilla.

–Tiene razón. Lo siento –dijo Blake con un suspiro.

–No es nada. En realidad, estaba muy triste y me ha alegrado el día.

Una sonrisa beatífica iluminó el rostro masculino y los blancos dientes relucieron, contrastando con aquel bronceado caribeño.

–A veces creo que a eso ha venido a este mundo –dijo con cariño.

A ella le gustó todavía más. Era evidente que adoraba a su hijo y nunca había doblegado el espíritu maravilloso de aquel niño. Como a ella también la habían educado de forma poco convencional, valoró aquello muchísimo.

–Lo adora –murmuró.

La expresión radiante del rostro masculino la sacudió.

–Con todo mi corazón –confesó él, lanzando una carcajada–. ¿Tan obvio es?

–Claro como el agua –ella rió también–. Pero es comprensible. Acarició la cabecita del bebé contra su pecho–. Cuando Luc nació aprendí lo que significa amar a alguien totalmente, con la mente y el corazón. Amaba a mi padre, pero esto...

–La comprendo –dijo él suavemente–. Estamos coladitos por ellos. ¡Somos dos casos perdidos!

Los dos se rieron al unísono de la fascinación que sus hijos ejercían sobre ellos.

–Creo que le debo una explicación por mi comportamiento aquí –dijo ella.

–He de confesar que siento curiosidad –reconoció él.

–He venido a esparcir las cenizas de mi padre –dijo ella con expresión melancólica–. Fue su último deseo.

La sonrisa masculina se esfumó.

–Ya veo –dijo, comprensivo.

–Tal vez debí decírselo al vicario –dijo ella con voz ahogada, agitada nuevamente por el emotivo adiós a su padre–, pero estaba oficiando el servicio y no quise interrumpir...

–No es nada –dijo él y la ternura de su voz hizo que a Nicole se le volviesen a llenar por un instante los ojos de lágrimas–, no la habría molestado, pero Josef fue corriendo a decirnos que había una señora llorando y ello me preocupó.

–Y además –dijo ella con burla–, le causó curiosidad lo de la joroba en la tripa.

–¡Es verdad! –exclamó él y esbozó una sonrisa radiante.

–Estaba... hablándole a mi padre. Rezaba una plegaria y... –se interrumpió. Aquel extraño no tenía por qué saber que le estaba preguntando a su padre el porqué de aquello. Con tristeza contempló las flores silvestres bajo el tejo donde había esparcido las cenizas. Se hizo un silencio, aunque no incómodo. Se encontró confesando–: Ojalá no tuviese que dejarlo aquí. Solo. Lejos de casa.

–Era lo que él quería –fue la respuesta reconfortante.

–Lo sé, pero... –se mordió el labio inferior– supongo que será por egoísmo, porque me iré a mi casa pronto. Y él estará aquí, en un país extranjero...

–Donde ansiaba estar –el tono la tranquilizó un poco–. Comprendo que será duro para usted; cree que lo está abandonando a él y a su recuerdo. Pero ha hecho lo que le pedía y él habrá tenido un buen motivo para ello.

«Oh, papá, ¿qué motivo?», se preguntó ella con tristeza. Nuevamente, la comprensión de Blake le llenó los ojos de lágrimas e hizo un esfuerzo para dominarlas. Destrozada por la pena, contempló contrita una mariposa amarilla que volaba de flor en flor. *Citron* había sido el color favorito de su padre. Siempre llevaba camisas amarillas, pensó tristemente.

–Lo echaré mucho de menos. Nos queríamos mucho. Yo era su única hija –murmuró siguiendo con la vista los movimientos de la mariposa hasta que ésta se alejó revoloteando.

–Tuvieron mucha suerte, entonces.

–Sí, es verdad –dijo ella, reconfortada.

Se hizo un momento de silencio.

–Quizá le sirva un poco que le relate una experiencia que tuve hace mucho tiempo, cuando mi abuela murió –añadió él luego con gran ternura–. Tenía solamente siete años y la idea de la muerte me resultaba terrible, me causaba pesadillas. Pero mi madre me habló de una vieja leyenda... –titubeó– quizá le parezca a usted descabellado...

–Siga –dijo Nicole, que necesitaba consuelo. Se hallaba muy quieta, con los enormes ojos fijos en los de aquel hombre. Una sensación de calma comenzaba a adueñarse de ella.

El rostro de Blake reflejó dulzura.

–Recordé la leyenda –reflexionó–, cuando esa mariposa amarilla apareció hace un momento. Es muy raro verlas ahora, por eso me llamó la atención. Mi madre me contó que dicen que los petirrojos y las mariposas se les aparecen a quienes han perdido un ser querido y se sienten desconsolados, como una señal de que el alma es eterna y nunca muere.

Ella sonrió. Verdad o no, la leyenda le había quitado un peso del corazón.

–Gracias por decírmelo –dijo agradecida y se estremeció con la cálida sonrisa que él le ofrecía–. ¿Y usted? –preguntó, confusa por las sensaciones que él le despertaba–. ¿Se le cumplió la leyenda?

–Al principio, no –respondió él con amabilidad–, pero no perdí las esperanzas. Diez días más tarde, vi un petirrojo en el sillón predilecto de mi abuela en el jardín. Sentí que ella intentaba consolarme –hizo una

pausa–. Aunque aquello no hubiese tenido relación con
ella, creo que ella habría intentado ponerse en contacto
conmigo de alguna forma por el cariño que nos teníamos. Creo firmemente que el amor nunca muere y que
un hilo espiritual sigue uniéndonos. Del mismo modo,
creo que siempre habrá un hilo uniéndola a su padre,
Nicole.

Lo miró profundamente agradecida, con los ojos hú-
medos. Qué afortunada había sido al encontrarse con alguien amable en aquel momento de su vida. Sin aquel
hombre y su hijo, aquellas circunstancias habrían resultado muy tristes.

–Qué bonito. No lo olvidaré, gracias –dijo con sencillez, y las límpidas profundidades de sus ojos le expre-
saron más de lo que podía decir.

–Mire –dijo él de repente, tras un segundo en que se
la quedó mirando como si estuviese en trance–, no la
conozco ni sé lo que pensará del café inglés, pero le podemos ofrecer una taza de café instantáneo en la iglesia.
O podría tomar un buen café o una bebida más fuerte en
mi casa, si necesita algo que le levante el ánimo. Puede
venir con su marido...

–No tengo marido –lo interrumpió ella, bajando la
mirada hasta la vulnerable cabecita de Luc–. Estoy totalmente sola –declaró.

La traición de Jean-Paul todavía le causaba daño. ¿Cómo olvidarse de semejante pesadilla? A los tres meses
de embarazo, se había encontrado a Jean-Paul en la
cama con quien suponía su mejor amiga. Según él, por
culpa de Nicole. El embarazo los había tomado por sorpresa y, aunque a ella le había causado una enorme ilusión, Jean-Paul se horrorizó. Nunca había querido tener
un hijo. Odiaba aquel embarazo y cómo le deformó la
figura a Nicole. Pensando en el niño que llevaba en su
seno, ella lo había perdonado. Y dos semanas más tarde,
al volver pronto del trabajo porque se encontraba mal,
los había vuelto a pillar en la cama. Aquello había ma-
tado su amor por Jean-Paul Vaseux. Su padre le había

advertido: «Disfruta del sexo, pero no lo confundas con amor. El amor no es frecuente. Y causa dolor». Tenía razón, causaba dolor.

Se dio cuenta de que Blake miraba a su bebé con compasión. De repente, la oferta que él le había hecho le resultó doblemente atractiva. Ansiaba estar con alguien durante un rato, alguien amable que la tranquilizase. La última hora le había puesto los nervios de punta. Se llevó la mano a la frente. Estaba exhausta: horas y horas de conducción, habiendo dormido mal, amamantando a Luc...

–Tiene aspecto de cansada –dijo él con preocupación–. Por favor, venga y descanse un rato, aunque sea por su bebé.

–Es usted muy amable –dijo ella con una sonrisa–. Un buen samaritano. Acepto cualquier tipo de café. Me parece que llevo toda la vida conduciendo.

–¿Desde Francia? ¿Con un bebé? –preguntó él arqueando una ceja, lo cual le dio un atractivo aire malicioso.

–Lo hice en varias etapas.

–¿Y tuvo que transportar los trastos del bebé cada vez que paraba en un hotel?

–Fue una pesadilla –confesó ella, sintiéndose comprendida–. Pero tiene su lado bueno. Si alguna vez necesito dedicarme a alguna profesión nueva, podré representar a Francia en competiciones de levantamiento de pesas. Hizo el gesto de flexionar el brazo y luego recordó que no tenía nada de sangre francesa en las venas. Qué extraño. Era cien por cien inglesa. Le costaría un poco acostumbrarse a ello.

Blake rió, su atractivo rostro lleno de vitalidad. Su risa era muy contagiosa y ella comenzó a sonreír también, olvidándose pronto de su tristeza.

–Eso sí que es una ventaja –reconoció él, con una risa ahogada–. Pero habrá sido duro viajar sola.

–No se lo deseo a nadie –dijo ella–. Aparte de Luc y los conserjes de hotel, me pasé todo el viaje sin hablar.

Lo cierto era que se había comenzado a sentir sola antes del viaje. Los amigos de su padre habían dejado de visitarla. En cuanto a sus amigos, al principio se habían preocupado mucho por ella, pero los hombres solteros estaban dispuestos a llevar la relación más allá de una simple amistad y las mujeres casadas habían poco a poco enfriado su actitud hacia ella, ahora que estaba disponible. Parecía que había pasado de ser la amiga de todos a una peligrosa *femme fatale*. Sus curvas voluptuosas tras la maternidad empeoraban todavía más el asunto.

–¿Desde dónde ha venido? –le preguntó Blake, interrumpiendo sus pensamientos.

Recordó una imagen de la casa de campo. Su padre en la terraza con una copa de vino en la mano, el alcohol impidiéndole pronunciar bien las palabras cuando le dijo que le quedaba poco tiempo de vida. Se desprendió con impaciencia de aquel recuerdo sensiblero.

–Vivo en la Dordoña.

–Ah, eso lo explica todo. La tierra de los ingleses que se instalan en Francia.

–Sí, pero... ¡siempre había creído que mi padre era francés! No supe que tenía conexión con Inglaterra hasta que vi su pasaporte. Nació aquí. No lo supe hasta que él... –la voz se le quebró.

Blake dio un paso hacia ella con preocupación, tomándola del brazo para sujetarla. Algo peculiar le sucedió a Nicole: una corriente eléctrica le nació en el pecho y en una fracción de segundo le llegó hasta el vientre.

–Tranquila, tranquila. No pasa nada –la calmó él, pero aquello no era verdad.

Las emociones la invadieron nuevamente, deseó echarse a llorar para que él la abrazase, la acariciase, murmurase con aquella voz que parecía penetrarle los huesos y derretírselos. *Quelle folie!* ¡Qué vulnerable la había hecho el dolor a un gesto o una palabra amables!

–Disculpe –murmuró, avergonzada. Se pasó rápidamente las manos por los ojos y cuadró los hombros con determinación–. ¡Qué tonta soy!

–A mí no me lo parece. Su padre. Un recién nacido. El largo viaje –dijo.

–Es verdad –dijo ella, agradecida por su comprensión. ¡Y eso que él no sabía que había más! Tenía que encontrar a la familia de su padre. De repente, la tripa le hizo ruido y ella se apretó el vientre desnudo con las manos. No se había dado cuenta del hambre que tenía–. Como puede apreciar –dijo, disculpándose con una sonrisa–, ¡estoy muerta de hambre! Será mejor que encuentre dónde comer. Y también tengo que darle de comer a él –acarició con ternura la cabecita de Luc, disfrutando de su sedosa calidez–. Me siento extraña, un poco mareada –esbozó una valiente sonrisa–. Tendré el nivel de azúcar por los talones. No he podido desayunar y...

–Entonces, venga –dijo él y comenzó a andar con la elegancia de un felino.

Lo dijo con autoridad y ella lo siguió casi sin darse cuenta. Era increíble cómo la falta de comida y el atractivo masculino se podían combinar para hacer que la cabeza le diese vueltas. Se apartó, desconcertada. Era extraño que un desconocido la alterase de aquella forma. Pero sus defensas se encontraban débiles con todo lo que había sucedido. Si no tenía cuidado acabaría echándose en sus brazos en un mar de lágrimas y haría el más estúpido de los ridículos. ¡Tendría que huir mientras le quedase un ápice de dignidad!

–No quiero robarle más de su tiempo. Iré al pub –dijo y, sorprendida, se dio cuenta de que la idea de conocer a la mujer de Blake y verlo en un entorno doméstico la ponía de mal humor–. Y se preguntará dónde está su hijo...

–En la iglesia, donde lo estarán mimando y consintiendo. Le diré que me marcho. Seguramente lo llevarán luego a casa con el estómago repleto de galletas de chocolate y la cabeza llena de confusiones que tendré que aclararle cuando me las repita luego –dijo Blake, con expresión divertida–. Las señoras lo adoran. Probablemente, todas insistirán en acompañarlo para luego relatarme sus gracias.

–Seguramente. Mayor motivo para rechazar su amable oferta –dijo ella a regañadientes, porque él le gustaba demasiado. ¿Había conocido algún otro hombre así de comprensivo, guapo y generoso? Y además, pensó estremecida, que la sobrecogía. Se forzó a mentir–: De todas formas, me gustaría comer en el pub, será divertido.

Él se detuvo y a ella la halagó ver su expresión desilusionada.

–Como quiera. Si está segura de que estará bien sola...

–Me tendré que acostumbrar a ello –respondió ella con seriedad.

–Es verdad. Sin embargo, admiro su fuerza.

Sus ojos se encontraron y ella vio la admiración reflejada en ellos. Aquello hizo que le subiera un calorcillo que, como un buen coñac, le corrió por las venas y le aceleró el pulso. Volvió a marearse un poco. Tenía que comer antes de desmayarse por falta de comida. Sin embargo, titubeó. Aquélla, después de todo, era una oportunidad de oro. Un hombre bondadoso, deseoso de ayudarla.

–Blake... hay algo que puede hacer por mí antes de que me vaya –se atrevió a decir con el pulso acelerado.

–Dígalo –respondió él, con cara de satisfacción.

Durante un momento le dio la sensación de que él flirteaba, pero luego la sensación de realidad volvió. Aquello no era más que bondad, un hombre que sonreía con todo su ser y proyectaba calidez sin ni siquiera ser consciente de ello.

Haría todo lo posible por ayudarla. Los ojos femeninos brillaron ilusionados. Resolvería el misterio y se volvería a su casa satisfecha. Inspiró para tranquilizar su agitación.

–Intento descubrir por qué mi padre quería que viniese aquí con sus cenizas –explicó–. Usted es de la zona, ¿verdad?

Él esbozó una sonrisa irónica, como si recordase algún secreto agridulce.

–Nací aquí. Y... mis padres y mis abuelos también.

–Entonces, ¡quizá sea la persona que he estado buscando! –dijo ella, el rostro radiante.

–¿De veras? –murmuró él.

Al principio, la respuesta de él la desconcertó. Nuevamente hubo aquel leve cambio de expresión, algo más profundo en sus ojos que la hizo derretirse por dentro. Pero, después de parpadear, se dio cuenta de que se había equivocado y que el rostro masculino únicamente expresaba un cordial interés.

«Oh, Nicole», se reprochó. «¡Cuánto necesitas que te quieran!» Primero se llenaría el estómago con un buen filete con patatas y luego sondearía a aquel caballero de brillante armadura para conseguir la información que deseaba.

–Sí –dijo, logrando que su voz pareciese práctica en vez de ansiosa–. Pues lo que sucede es que he estado leyendo las lápidas para ver si había alguien de la familia de mi padre enterrado aquí. Pero parece que no hay nadie. Es imposible descifrar muchas de las inscripciones debido al... al...

–Liquen –la ayudó él afablemente, al darse cuenta de que a ella le costaba encontrar la palabra–. Me temo que el hielo ha borrado muchas de las inscripciones más antiguas –metiéndose las manos en los bolsillos, volvió a sonreír.

Nicole intentó disimular su atracción por él, pero Blake era el hombre más electrizante que había visto en su vida y les costó trabajo que no se le notase.

–De modo que... –murmuró él cuando ella se lo quedó mirando.

Nicole se ruborizó al pensar la cantidad de mujeres que probablemente lo habrían mirado con la misma adoración. Probablemente él se habría librado de ellas adoptando aquella misma expresión distante.

–Si lo que busca es el nombre Vaseux –dijo él–, entonces me temo que no conozco a nadie...

–¡Oh, no! –se apresuró ella a interrumpirlo–. El nombre de mi padre no era Vaseux.

–¿Ah, no? –preguntó él, mirándole las manos, que no llevaban ninguna alianza matrimonial.

Nicole, ansiosa por saber algo de su familia, no le explicó que le había tirado la sortija en la cara a Jean-Paul en un ataque de furia. Esperanzada, hizo una profunda inspiración.

–No –dijo, elevando los ojos hacia los de él–. Era Bellamie –dijo.

–¡Bellamie!

Ella se estremeció, sorprendida ante esa reacción. Una expresión de alarma había reemplazado a la sonrisa del rostro masculino.

–Sí... ¿por qué?

–¡Bellamie!

Nicole se sintió descompuesta. El apellido de su padre había hecho que un hombre perfectamente amable y cortés tuviese una reacción de horror. ¿Por qué? ¿Por qué? Se dio cuenta con consternación que algo terrible había sucedido.

Lanzó un leve gemido. Deseó no haberle pedido ayuda. Había sido un error hurgar en el pasado. Tendría que haber esparcido las cenizas y haberse vuelto a su casa sin intentar averiguar nada. Ahora resultaba que el recuerdo de su padre sería mancillado con alguna revelación espantosa.

Y no quería saberlo.

Capítulo 3

CUANDO Luc comenzó a llorar, Nicole no supo si alegrarse o no. Sus alaridos le horadaron el cerebro, impidiéndole pensar en nada coherente. Alterada por la reacción de Blake, hizo lo posible por calmar al bebé, pero el desesperado llanto de la criatura se hizo más agudo, dándole deseos de ponerse a gritar también.

Tendría que darle de comer. Además, necesitaba sentarse antes de que le diese un desmayo. El cuerpo le había comenzado a temblar de aprensión.

–Perdone –dijo, buscando dónde sentarse–: Tengo que dar de comer al niño.

–Hay un banco allá –el tono era cortante y tenía la dureza del acero. La mano que la guiaba tomándola del codo pareció empujarla sin ceremonia.

Ella casi no podía hilar sus pensamientos, la cabeza le daba vueltas. Él vería por su respiración entrecortada lo agitada que estaba. Se sentó en un banco bajo un peral en flor. Qué ironía en aquel momento terrible.

Sin atreverse a mirar a Blake, se concentró en sacar a Luc, que lloraba con desesperación, de la bolsa en que lo llevaba colgado. Sus dedos, entorpecidos por el miedo, tardaron el doble de lo habitual. ¿Qué habría hecho su padre?

Inclinó la cabeza con la esperanza de que Blake se marchase, pero él se quedó firmemente plantado frente a ella, como si montase guardia. ¿Pensaría que era un peligro para la sociedad? Su hostilidad la golpeó como una presencia viva, abrumadora, y se hundió en el asiento. Los listones se le clavaron dolorosamente en la espalda. Rogando desesperada que Luc se calmase, tanteó con torpeza los botones de la blusa. En general, no la molestaba amamantar a su hijo en público con discreción, pero algo brutalmente masculino en Blake la cohibía. Él no dejaba de mirar cada movimiento de su cuerpo, cada curva de su pecho...

Luc seguía berreando y Nicole pensó con desesperación que tendría que tirar el pudor por la ventana. Lanzó una mirada desafiante a Blake, como para recordarle sus buenos modales, pero él no apartó la vista. Su intensa expresión de furia la dejó sin aliento.

–A ver si nos aclaramos. ¿Su apellido es Vaseux pero en realidad es una Bellamie? –exclamó él, sin tener en cuenta en absoluto su necesidad de paz e intimidad.

–¡Sí! –gritó ella por encima de los agudos chillidos de Luc con un desafiante movimiento de cabeza–. ¡Y bien orgullosa que me siento de ello!

Le daba igual que él la viese. Se desabrochó la blusa y dejó que labios del bebé se acercasen a su pecho. Después de buscar con desesperación unos segundos, el niño se le prendió al pezón. Se hizo un abrupto silencio. Se inició el familiar tironeo, que normalmente le causaba a Nicole un relajante placer. Pero ahora no fue así; era imposible con aquel hombre alto y amenazante lanzándole miradas de odio porque ella llevaba el apellido Bellamie.

«¡Papá, tú sabías que esto sucedería!», se lamentó en silencio. «¿Por qué lo has provocado, si me querías tanto?».

Ni siquiera calmó su agitación que Luc mamase satisfecho. Algo terrible estaba a punto de suceder. La asaltaron unas terribles náuseas. Inclinó la cabeza y se consoló con el cálido contacto de la cabecita rubia. Una fuerza irresistible llevó su mirada nuevamente al rostro de Blake, contorsionado por la rabia. No, pensó sorprendida, no era rabia, sino horror. Nerviosamente, se humedeció los labios con la lengua. De haber tenido las manos libres, se habría cubierto las orejas para no oír lo que él estaba a punto de decirle. Lo que la alarmaba era el contraste entre la amabilidad que Blake había demostrado antes y su odio en aquel momento. Antes, había sentido una conexión instantánea con él. En otras circunstancias, aquello podría haberse convertido en una relación maravillosa. Pero...

–Necesito aclarar dos puntos –dijo él con frialdad.

¿Qué habría hecho su padre? ¿Por qué la mención de su apellido habría causado tal reacción?

–¿Cuáles? –logró decir Nicole, con la garganta agarrotada de miedo.

–El nombre completo de su padre.

–Giles. Giles Bellamie –dijo, y se dio cuenta de que él reconocía el nombre.

–Y está muerto –afirmó él con brusquedad, como si necesitase su confirmación.

–¡Ya se lo he dicho! ¡He venido a esparcir sus cenizas! –Nicole se sentía al borde de la histeria. ¿Por qué hacía aquello? Pensando en el bebé, intentó calmarse–. ¿Es su costumbre interrogar a las mujeres cuando están amamantando? –espetó, y la alegró ver que él se ruborizaba.

–Éstas son circunstancias inusuales.

–¿De veras? –dijo ella, lanzándole una mirada cáustica.

–¿Quiere encontrar a su familia, o no?

Ella entrecerró los ojos. Él parecía más calmado, pero frío. Una frialdad terrible.

–Depende –se defendió inquieta.

Blake pareció estar sopesando diferentes opciones. Nicole lo observó darse la vuelta y contemplar el hermoso parque tras el cementerio. Parecía debatirse entre sensaciones encontradas.

–¡Dígame lo que sucede! –exigió con un nudo en el estómago, su voz vibrando de ansiedad–. Usted conoce a mi padre... –prefería enterarse de una vez por todas de lo que fuese.

–He oído hablar de él –dijo Blake, volviéndose hacia ella con expresión angustiada.

–¿Y? –preguntó, conteniendo la respiración.

La mirada glacial la devoró lentamente, desde el cabello rubio hasta las punteras de los zapatos color verde musgo, que se asomaban por debajo del los suaves pliegues de la falda. Los labios de él se tensaron por lo que a ella le pareció desaprobación.

–Usted es demasiado joven –murmuró, tenso y distante, como si estuviese reprimiendo poderosas emociones–. Demasiado joven –pareció mascullar, aunque Nicole no estuvo segura.

–¡Tengo veinticinco años! –dijo, indignada–. ¡Usted no es mucho mayor!

–Tengo veintiocho –dijo él, con voz cortante–. ¿Y Luc es su hijo, de su propia sangre?

Nicole lo miró boquiabierta. ¿Qué?

–¡Desde luego! ¿Cree que llevaría por ahí al bebé de otra mujer y le daría de mamar?

–¡Tengo que saberlo! –dijo él roncamente.

La angustió la frialdad de Blake después de lo bien que le habían caído su hijo y él.

–¡Luc es todo lo que me queda en el mundo ahora! –desveló, e inmediatamente deseó no haberlo dicho. Hasta a ella le había parecido patético, como si hubiese recurrido al bebé para ablandar a Blake. Cierto era que la boca masculina había temblado cuando brevemente contempló la curva de su pecho y al feliz bebé mamando allí, pero luego la mandíbula se había convertido en granito otra vez, y ahora sus ojos se clavaban en ella, preocupados.

–¿Su madre ha muerto? –le preguntó él.

–Se ha vuelto a casar. Vive en América y está demasiado ocupada dándose la gran vida... –irritada, se interrumpió, frunciendo los labios–. ¿Qué diablos tiene eso que ver con usted?

–Todo –dijo él, contemplándola un momento con la cabeza inclinada hacia un lado–. El apellido que usted utilizó, Vaseux, ¿era el nombre que su padre adoptó al cambiar de identidad?

Ella se estremeció de horror, con los ojos abiertos como platos mientras en la cabeza le daban vueltas los motivos por los que él pensaría aquello: crimen, fraude, bigamia... ¡Oh, aquello era estúpido! Tenía que haber alguna explicación sencilla, un malentendido.

–Siempre se hizo llamar Bellamie. Es mi apellido también –masculló, sin saber qué decir.

–Pero... –él frunció el ceño–. Usted dijo que no estaba casada.

–No, no lo dije. Dije que no tenía esposo, y no lo tengo –respondió–. Estoy divorciada.

–¿Entonces, su esposo es el padre de Luc? –preguntó él con los labios apretados.

Nicole lo miró con los ojos relampagueantes. ¿Qué se creía que era? Por más que gozase de mucha más libertad que otra gente, nunca había sido promiscua, como Blake insinuaba. Una oleada de furia la recorrió. Tenía fama de ser una persona increíblemente tranquila y fácil de tratar hasta que le buscaban las cosquillas y saltaban las chispas, lo cual estaba a punto de suceder.

–¿Intenta insultarme o ha sido por accidente? –espetó.

Él frunció los labios un segundo antes de reprimirse, con su típica actitud británica.

–Necesito saber si Luc es ilegítimo –le dijo.

–¿Por qué? –dijo ella, los ojos centelleantes–. ¿No se habla con madres de bastardos?

Él se volvió a estremecer y se puso pálido.

–¡No es por eso!

–¿Entonces? ¿Busca cotilleo para la revista del pueblo? ¿Se dedica a salvar a mujeres del arroyo? –exclamó, porque ya estaba fuera de sí–. ¿O es que el señor de la comarca no permite la entrada de bastardos al pueblo?

–¡Basta! –susurró Blake, el cuerpo trémulo de furia–. Responda. ¿Es su hijo legítimo?

–¡Sí! –le respondió ella–. ¿Y a usted qué le importa? ¡Dígamelo, o váyase de aquí!

La mano masculina tembló ligeramente cuando pasó por el negro cabello. Había perdido su aspecto de confianza, tenía los labios apretados en una línea fina y dura.

Nicole tragó, más alarmada todavía.

–Ya se lo he dicho –dijo él con voz ronca–, intento aclarar ciertos datos.

–Tal vez. Pero ¿para qué? ¡Tiene que decirme lo que pasa! –gritó con tal vehemencia que Luc se soltó y lanzó un alarido de protesta. Lo calmó y pronto el niño siguió mamando.

Al levantar la vista, vio que Blake parecía debatirse en poderosas emociones. Dos veces estuvo él a punto de hablar y se contuvo. Los temores de Nicole se acrecentaron. Era algo que tenía que ver con su padre. ¡Sin embargo, su padre había sido un hombre encantador!

El descubrimiento de su oscuro secreto destruiría todos los recuerdos felices que tenía de él, y quería aferrarse a ellos con una angustia que la sacudió por completo.

Blake nunca había sentido semejante indecisión. Ella era la viva imagen de la inocencia ofendida, enfrascada en la dulce tarea de amamantar a su bebé. Madre e hijo. Un bebé indefenso, el legítimo heredero de Cranford.

«¡Dios Santo!» pensó, y se estremeció. Durante un momento, la sorpresa había sido más de lo que podía soportar. Había visto que le arrebataban brutalmente su vida, la vida que amaba. La casa, la tierra, los proyectos que había comenzado y los que había completado con éxito, ya no serían preocupación ni responsabilidad suya.

Se imaginó el rostro de Josef cuando le dijese que se marchaban y la perplejidad de su hijo intentando comprender lo que había hecho su abuela y por qué se marchaban de su querido hogar, sus amigos, la vida que habían imaginado siempre como suya por derecho propio. Aquello era una pesadilla. Toda su vida sin sentido.

Luchando contra el dolor lacerante de su corazón, volvió a darle la espalda a la conmovedora escena. Era demasiado. Primero, la sorpresa de conocer a la hija de Giles al poco tiempo de la revelación de su madre. Luego, las dulces escenas entre la madre y el niño. La compasión que ella le producía. La terrible batalla con su conciencia. Y luego, lo más inquietante, la atracción sexual que sentía... como un ardiente fuego que lo quemaba.

Increíble. Ella exudaba sexo por cada poro, a pesar de su rol de madre. La intensidad de su sensualidad lo había golpeado, penetrando su fría indiferencia y encendiéndolo con un deseo casi irrefrenable. Cada movimiento de aquel delicioso cuerpo, cada mirada de aquellos ojos de increíbles pestañas, se había reído de su celibato, haciéndolo tambalearse.

Lo alarmaron sus sentimientos. Deseaba abrazarla, besar aquellos tiernos labios hasta quedarse sin aliento. Una locura, increíble. Sin embargo, incapaz de controlarse, la miró con ansia por encima del hombro. La cabeza inclinada de la joven brillaba dorada al sol. Tenía la piel perfecta, la nariz pequeña y recta, los labios ligeramente entreabiertos... El deseo lo dominó como nunca. Había retrocedido a la edad de las cavernas. ¿Qué demonios le sucedía?

Molesto, debatiéndose entre el primitivo deseo de su cuerpo y las restricciones de su educación, dejó que sus ojos atormentados se posasen sobre la curva del femenino pecho semidesnudo. Luego, asombrado por el poder que ella ejercía sobre él, apretó la mandíbula y se dio la vuelta con decisión, aunque le costó muchísimo hacerlo.

Pensar que sentía deseo por una desconocida, su prima segunda, la hija de Giles, una mujer criada por un hombre sin moral... ¿Qué efecto habría tenido Giles sobre ella? Era inconcebible que los hábitos de semejante padre no la hubiesen afectado.

Aunque estaba hecho un lío, sabía que tenía que decirle la verdad. «Su hijo es el dueño de estas tierras y de todo lo que se ve desde aquí. Es el dueño de una mansión estilo Tudor con vidrieras de colores y salón con vigas de roble inglés, gobelinos y tesoros. También es el dueño de caballerizas, graneros, cobertizos y acres de tierra. Recibirá una renta que le asegurará el futuro y el de usted, como su tutora legal. Una fortuna. Y pertenecen a una rancia dinastía».

Evitar que Giles heredase ya había sido facilitado con su muerte. Las obligaciones de Blake estaban bien claras: informar a Nicole de la buena suerte que había tenido y hacer mutis elegantemente. Y, sin embargo, le costaba decir aquellas palabras. Al ser mujer, ella no podría heredar, pero faltaban dieciocho años para que Luc obtuviese la mayoría de edad, y sería ella quien administrase todo. Pero Blake no sabía nada sobre ella, salvo que era hermosa y sexy.

Anuló con la mente su reacción instintiva. Su deseo por ella era algo primitivo y brutal, que lo aterraba porque arrasaba con su rígido autocontrol. Parecía que el seguro mundo que él conocía había sido destruido, y con ello, el domino de sus emociones, que tanto le había costado aprender. El corazón le retumbó en el pecho. ¿Lo habría liberado la revelación de su madre de la camisa de fuerza que controlaba sus emociones?

No le gustaba perder el control. Ya no sabía quién era y eso lo aterrorizaba, como si cayese por un agujero profundo sin llegar nunca al fondo. Era turbador haberse liberado de su habitual reserva. Tal vez, pensó con amargura, reprimir las emociones fuese, después de todo, una virtud.

¿Y Nicole? ¿Qué le sucedería a ella? Había vivido con su padre, seguramente conocía su idiosincrasia, y, sin embargo, lo idolatraba. ¿Sería porque ella tenía gustos similares, o porque lo habría querido a pesar de su comportamiento extravagante?

Demasiadas preguntas sin respuesta, que necesitaba aclarar rápido. El carácter de Nicole era la clave para la decisión que tenía que tomar. Hizo un gesto de desagrado al pensar en la forma en que ella había reaccionado con él, un perfecto desconocido, cuando él había dejado ver la atracción que sentía por ella. Ella había sonreído de forma lasciva, sus ojos le habían hecho una insinuación casi irresistible, a la que él casi había sucumbido.

Quizá fuese atracción mutua, o quizá la forma en que ella reaccionaba con todos los hombres. ¿Cómo podría saberlo? No podía arriesgar el futuro de Cranford. Si se administraba mal la propiedad, todo el pueblo se vería afectado por ello. Tenía que conocerla más antes de tomar la decisión irrevocable de decirle que su hijo era el heredero.

Detrás de él, ella se abrochó los botones de la blusa y

Blake tuvo que concentrarse en respirar profundamente para controlar el calor que sentía en la entrepierna y apaciguar sus sentidos. Oyó la cremallera de la bolsa del bebé y la voz profunda y ahogada de ella, con aquel acento excitante cuando hablaba en francés con el bebé.

«Ya está, cielo mío. Vamos a cambiar los pañales y luego...».

La voz se interrumpió. Él escuchó atentamente para descifrar lo que decía aquel susurro en francés, un idioma que dominaba.

«Luego le sacaremos la verdad a ese hombre, ¡aunque tenga que usar todas mis artimañas para conseguirlo!».

Los ojos de Blake relampaguearon. Era una suerte que tuviese buen oído y que los Bellamie, descendientes de un embajador francés que se había establecido en Inglaterra durante el reinado de Isabel I y cuya lealtad se había recompensado con Cranford, tuviese como tradición ponerles nombres ingleses a sus hijos varones y, además, enviarlos a estudiar a Francia para que dominasen el idioma.

Así que ella quería la verdad. Le diría lo que sabía de su padre, entonces, para ver cómo reaccionaba. Bajo aquellas lágrimas y aquel encanto había una voluntad de hierro. Se había dado cuenta cuando ella se había enfrentado con él.

No podría cederle la casa ni poner en sus manos las vidas de las personas que eran su responsabilidad, a menos que supiese que ella tenía una conducta intachable.

Apenado, pensó en su madre, a punto de morirse. No podría decirle que había aparecido el legítimo heredero, porque ella moriría destrozada. Era su deber protegerla a costa de lo que fuese. Ella lo había sacrificado todo por él; tenía que lograr, al menos, que muriese en paz.

El amor se debatió con el honor. Y encontró una forma de satisfacer a ambos. Se ocuparía de aquello más tarde, decidió, posponiendo la decisión. Si pensaba que Nicole era una persona respetable, ella sabría la verdad cuando estuviese lista para ello... y estaba clarísimo que sería después de que su madre hubiese fallecido.

Capítulo 4

NICOLE acabó de cambiarle los pañales a Luc con manos inusualmente torpes, lanzando miraditas en dirección a Blake. Que esperase. Ella tenía otras prioridades en aquel momento.

Volviendo a meter en la bolsa al bebé, que se había vuelto a dormir, se la colgó nuevamente y se puso de pie, tambaleándose un poco al hacerlo. Se sentía rarísima, como si tuviese la cabeza llena de algodón. Estaba muerta de hambre. Si no comía y descansaba, no podría oír la explicación.

—Voy al pub —anunció decidida. No quería que creyese que la podría pisotear fácilmente—. Les preguntaré a ellos lo que saben sobre alguien llamado Bellamie.

Blake lanzó un grito ahogado y se dio la vuelta con una expresión de alarma en los ojos. Nicole se dio cuenta de que a él no le había gustado nada aquello.

—Después, me gustaría reunirme con usted nuevamente —añadió, satisfecha—. Tengo derecho a saber por qué nos tiene tanta tirria a mi padre y a mí.

—Tiene que venir a mi casa, no al pub —dijo él roncamente.

—Preferiría comer gusanos —respondió ella con desparpajo.

Hubo una relámpago de alarma en los ojos masculinos.

—Nicole, tiene que comprender que tenemos que mantener esto entre nosotros dos —dijo, volviéndole a dar miedo—. Los trapos sucios hay que lavarlos en casa. ¿Conoce la expresión?

Intrigada, ella asintió con la cabeza.

–¿Por qué lo dice?

Se hizo un largo y tenso silencio. Ella se dio cuenta de que él estaba haciendo de tripas corazón para decirle algo que preferiría callar.

–Es que usted es de la familia –dijo finalmente, con voz inexpresiva.

–¡¿Qué ha dicho?! –preguntó ella, con los ojos como platos.

–Mi apellido es Bellamie –dijo tras una larga mirada–. Somos primos segundos.

–¿Primos? –dijo ella, con un nudo en la garganta.

No lo había dicho visiblemente contento, y su simpatía inicial había desaparecido. Nicole intentó pensar. ¿Sabía que eran primos mientras la interrogaba y había optado por no desvelarle el parentesco?

–¿Y cuándo pensabas decírmelo? ¿Cuándo tomásemos café?

–Probablemente, no.

Nicole lanzó una exclamación. ¡Aquello era increíble!

–¡Cómo se atreve! ¡Esto es intolerable! –exclamó, enfurecida. Estaba dolida con aquel hombre porque, tras compartir confidencias, su cambio de actitud era como una traición–. Sabía que estaba preocupada –lo acusó–. Sabía que quería encontrar a mi familia –hizo una pausa para tomar aire y se aventuró a decir–: ¡Me lo ha confesado porque le dije que intentaría hacer averiguaciones en el pub, ¿verdad?

–Sí. Y comprenderá el porqué en un momento. ¿Dónde ha dejado su coche? –le dijo serio.

–Junto... junto a la oficina de correos...

Él asintió con la cabeza, cortante. Se dirigió a la iglesia a largas zancadas sin decir nada más y desapareció dentro. Nicole no sabía qué hacer. Le temblaban las piernas. Podría subirse al coche y marcharse, manteniendo así intacto el recuerdo de su padre. Pero no podría vivir con aquel misterio sin resolver dándole vueltas en la cabeza. Se preguntaría eternamente por qué un hombre normal, pariente suyo, que amaba a su hijo y había mostrado consideración hacia una desconocida, habría reaccionado así al saber que ella era la hija de Giles Bellamie.

La voz enfadada de un niño hendió el tranquilo aire.

–¿Por qué, papá, por qué?

Al mirar hacia la iglesia, vio que Blake salía y, sacando un pañuelo del bolsillo, le limpiaba a Josef el chocolate del rostro y las manos. Mientras tanto, le hablaba en voz baja. El niño pareció tranquilizarse, porque le tomó la mano a su padre y caminó a su lado, sin darse cuenta del enfado que le endurecía a éste el rostro.

–¡Hola! Hola, bebé –canturreó juguetón, dando palmaditas a la bolsa con una mano regordeta. Su radiante sonrisa expresaba lo contrario de la fría reserva de su padre–. Papá dice que puedo tomar helado de postre cuando lleguemos a casa...

–Sólo si comes en la cocina con la señora Carter –advirtió Blake.

–A veces –dijo Josef lanzando un suspiro exagerado–, desearía que no tuviésemos sofás color crema.

A pesar de sus preocupaciones, Nicole no pudo evitar una sonrisa.

–Seguro que te lo pasarás bien en la cocina –observó.

–¿Nos vamos? –propuso Blake secamente–. Yo la guiaré. No está lejos. Josef y yo iremos andando.

–¡Pero...! –comenzó a decir Josef, pero su padre lo acalló con una mirada.

«¡Dios Santo!», pensó ella, «¡Blake ni siquiera puede estar en el mismo coche que yo!».

Con Josef parloteando de las plantas y las flores que bordeaban el sendero a la iglesia, Blake y Nicole se dirigieron en medio de un silencio sepulcral hasta el coche.

Blake, distante y antipático, le indicó cómo ir y luego tomó de la mano a Josef, que había estado haciendo equilibrio sobre una piedra junto al arroyo, y se dirigió a la casa.

Nicole tardó un rato en instalar a Luc en el coche. Más todavía le llevó decidirse a arrancar. Se sentía hueca, como si le hubiesen arrancado las entrañas, segura de que se dirigía a algo desagradable. Deseó no haber posado nunca los ojos en aquel hombre, que le había dado la impresión de ser un extraño afable.

Cuando alcanzó a Blake y Josef, éstos se encontraban cruzando una impresionante puerta de hierro. Nicole redujo la velocidad, asombrada, al ver el hermoso parque que se extendía más allá.

Aquello era un placer para el ojo de un artista. La amplia avenida estaba flanqueada por prados color verde esmeralda donde pastaban ovejas a la sombra de los árboles. Las colinas cubiertas de vegetación se elevaban en la lejanía, y la fragancia de madreselvas silvestres entró por las ventanillas abiertas del coche, inundándolo con su dulzura.

Josef se soltó de la mano de su padre y trepó por la cerca que separaba el prado del camino. Saludó con la mano a una figura que se acercaba a caballo, bordeando un bosquecillo de imponentes robles. Pronto, Nicole pudo ver que se trataba de una mujer joven y bonita.

¿La esposa de Blake?, se preguntó nerviosa. ¿Otra persona que la miraría con desprecio? ¡Pues no estaba dispuesta a soportarlo! Ella no había hecho nada malo, no había motivos para que Blake se comportase de aquella forma.

Aceleró hasta donde Blake y Josef hablaban con la mujer, delgada y rubia, apagó el motor y se bajó. Una expresión irritada se reflejó un segundo en los ojos de Blake, pero no estaba dispuesta a dejarse avasallar.

–Hola –le dijo a la mujer, alargando la mano–, soy Nicole Vaseux. Blake y yo somos pri...

–Ésta es Susie –la interrumpió él con frialdad–. Estaba a punto de irse.

Susie la miró con expresión levemente asombrada, pero estrechó la mano de Nicole.

–Mucho gusto –dijo, lanzándole a Blake una mirada inquisitiva.

–Ya sé que estás ocupada. Hasta luego –dijo él con una sonrisa mecánica.

–Papá está muy raro hoy. Venía caminando enfadado –le confió Josef a Susie.

Ésta intentó disimular una sonrisa.

–Tengo que irme. Adiós. Que seas bueno, Joe.

–Adiós, señora Bellamie –dijo Nicole, dando palos de ciego.

–Susie –dijo Blake con una frialdad que helaría un río de lava–, es la mozo de cuadra.

Era una palabra que Nicole desconocía. Josef se dio cuenta de ello y la socorrió.

–Se ocupa de los caballos –le dijo, mientras Susie se marchaba apresuradamente–. Los monta, limpia los arreos, saca con la pala toda la...

–Ya está bien, Josef –dijo Blake secamente antes de que su hijo explicase demasiado.

–Creía que era su esposa –dijo Nicole, ruborizada.

–No tengo mamá –dijo Josef afablemente–, se marchó con el «sófer» cuando yo era pequeño...

–Chófer –corrigió Blake con una mueca de desagrado–. ¿Quién te ha dicho eso?

–Oh, no sé, alguien –dijo Josef vagamente–. No me acuerdo. Con razón, siempre había querido saber qué era un «sófer». No pasa nada –añadió al ver la expresión alarmada de Nicole–, porque, total, no me acuerdo de ella. Y mi papá hace de mamá muy bien. Y además, está la señora Carter y Maisie, que limpia, y...

–Josef... –volvió a interrumpirlo Blake con sequedad–. A ver cuánto te lleva llegar a la puerta de entrada desde aquí. Vete por el atajo, que yo te tomaré el tiempo.

–Seguro que no le gusta recordar esas cosas –le explicó Josef a Nicole, pero al ver que su padre volvía a abrir la boca con cara de pocos amigos, salió corriendo. Parecía saber cuándo se le acababa la paciencia a su padre.

Nicole no dijo nada. Aunque siguió con la vista a Josef, que desaparecía tras una mata de rododendros de brillante color, estaba demasiado ocupada en digerir dos cosas nuevas: la mujer de Blake lo había abandonado, y él parecía tener un ejército de empleados. ¿Cómo sería la casa? ¡No se veía desde allí!

–Usted...

–¿Sí? –murmuró él.

Ella se humedeció los labios, ruborizándose cuando él la recorrió con la mirada de arriba abajo. Había algo sensual en la curva de aquellos labios masculinos que la desconcertó un momento. Era el hombre más inquietante que había conocido. Tenía que comer, no quedarse charlando, pero la curiosidad pudo con ella.

–¿Usted es el dueño de este increíble lugar?

Los labios masculinos se endurecieron.

–Este lugar se llama Cranford Hall. Los Bellamie viven aquí desde hace siglos.

–¡Ah! ¿Y mi padre? ¿Cómo encajaba en todo esto? –logró articular, preguntándose qué sitio ocuparía él en aquella rica familia de terratenientes. No se lo imaginaba allí. A su padre nunca le había gustado la rutina ni las convenciones sociales. ¿Por eso había abandonado todos aquellos lujos? Antes de que su obra se conociese, a él le había costado ganarse la vida. Se le había secado la garganta y no pudo formular todas aquellas preguntas.

La mirada preocupada de Blake volvió a recorrerla y a Nicole le dio la sensación de que se detenía en la estrecha cintura y la suave curva de sus caderas. El corazón le dio otro vuelco.

–Ya lo sabrá a su debido tiempo. Tendrá que estar sentada en ese momento –masculló él–. Acabemos con esto lo antes posible –dijo, con voz inexpresiva–. Aparque junto a los escalones de la entrada y entre al vestíbulo. Me uniré con usted allí.

–Tengo que comer primero –le recordó ella con voz débil.

Él le lanzó una mirada a su rostro pálido y sus labios temblorosos y frunció el ceño.

–Súbase al asiento del acompañante. Tiene mal aspecto. Yo conduciré. No quiero que me pise el césped de la vera del camino y lo arruine.

«¡Qué simpático!», pensó ella, enfadada, pero lo obedeció. Le temblaban las piernas y no quería tener un accidente.

El coche se puso en marcha en cuanto ella cerró la portezuela. Con irritante destreza, él logró que las marchas de su viejo coche obedeciesen los movimientos confiados de su mano.

Siguieron por una avenida flanqueada por rododendros y azaleas y bellísimos cerezos en flor. Los prados se extendían en la lejanía, cubiertos de campánulas azules y anémonas de bosque.

El corazón le volvió a dar un vuelco. Iguales a los prados de su casa.

Inconscientemente, buscó los arces y los encontró. Y también los perales en flor. Todavía se veían las hojas de los narcisos, cuya floración ya había acabado. Parecía que había acres y acres de ellos. Seguramente habría sido un espectáculo hacía un mes. Un mar de trompetas doradas meciéndose en la brisa. Seguro que su padre amaba Cranford y ansiaba volver, pero no lo hizo.

–¿Se encuentra bien?

–No –dijo ella, sin intentar disimularlo–. Horrible.

De repente, distinguió la casa. Tudor. Reconoció el estilo porque había estudiado Bellas Artes. Imponente piedra amarilla, las chimeneas agrupadas en el tejado y las vidrieras. Iluminada por el cálido sol de abril, con las paredes cubiertas de glicinias en flor. En los parterres que la rodeaban, reconoció los tulipanes rojos y los arbustos perennes que su padre había plantado en Francia. La apenó lo mucho que él habría echado en falta aquella casa.

–Es la casa más hermosa que he visto en mi vida –dijo, con asombro, enamorándose de ella.

Blake hizo una mueca de disgusto e hizo girar el coche hacia la derecha. Pasando bajo un arco de piedra, entró a un patio adoquinado al que rodeaban dependencias de la casa. Sin decir nada, se bajó y comenzó a quitarle la sujeción a la sillita de Luc.

Lentamente, sobrecogida por el tamaño de la casa y

por lo que Blake estaba a punto de decirle, ella se bajó del coche y entró sumisa tras él, que pasó por una estrecha puerta de madera. Sus pasos resonaron en el suelo de piedra del corredor. Blake hizo una pausa y se asomó por una puerta.

–¡Bien hecho, Josef, has llegado más rápido que una bala! –dijo, con voz alegre–. Creo que se merece un postre especial, señora Carter. ¿Y podría servirnos alguna cosilla a mi invitada y a mí en la Sala Este?

–Será un placer, señor Blake –se oyó una alegre voz que respondía con afecto–. No tardo nada.

Nicole se dio cuenta de que su padre nunca había olvidado su vida en aquella casa. Estaba claro que algo serio tendría que haber sucedido para que él se marchase. Una terrible tristeza, sumada a la aprensión y el hambre, le provocó un vahído que la hizo tambalearse. Se oyeron unos pasos apresurados y unos fuertes brazos la sujetaron. Nicole levantó la cabeza y su mirada se hundió en los imperiosos ojos masculinos. Todo le dio vueltas y él la levantó en sus brazos para estrecharla contra el tumultuoso latir de su corazón. Antes de que tuviese tiempo de preguntarse por qué, le dieron súbitos deseos de echarle los brazos al cuello, pero entonces Blake la depositó en un sofá sin demasiados miramientos.

–Es una irresponsabilidad por su parte saltarse las comidas. Tiene que pensar en el bebé –gruñó, como si ella hubiese hecho algo para enfurecerlo.

–¡Luc! –exclamó ella ahogadamente, mirando a su alrededor.

–Está bien –fue la brusca respuesta.

Siguió la mirada de Blake y vio que el bebé dormía apaciblemente. La sillita para el coche se hallaba frente a una antigua mesa de roble.

–Nunca me había dado un vahído –murmuró, intentando sentarse–. Claro que nunca me habían atacado de una forma tan feroz estando muerta de hambre.

–Te pido disculpas si te he disgustado –dijo él, rígidamente, tuteándola por primera vez.

–¿Disgustado? –exclamó ella, lanzando fuego por los ojos–. Acabo de perder a mi padre. Tengo que lidiar con un bebé yo sola. He cruzado Francia sabiendo que mi padre me había ocultado su verdadera nacionalidad y su sitio de nacimiento. ¡Y luego me topé contigo! –replicó ella, devolviéndole el tuteo–. Muy amable y comprensivo hasta que supiste quién era, ¡pero luego me atacaste como si fuese una delincuente!

–Ya me he disculpado –dijo él en voz ronca–. Comprenderás mi reacción cuando... –haciendo una pausa, se humedeció los labios y tomó aire–. Oye, ¿te importa arreglarte la falda?

Nicole bajó la vista y se puso roja como un tomate. La falda se le había enredado entre los muslos y subido. Forcejeó y logró desengancharla, terriblemente cohibida al ver la mueca de disgusto de Blake.

Antes de que pudiese replicar preguntándole si nunca había visto un par de piernas, llamaron discretamente a la puerta y una mujer de aspecto simpático, regordeta y manchada de harina, entró con una bandeja.

–He oído que ha venido a esparcir las cenizas de su padre. Cuánto lo siento –la mujer, cuya voz Nicole reconoció como la de la señora Carter, esbozó una sonrisa compasiva.

–Gracias –dijo, devolviéndole una trémula sonrisa, pensando en lo rápido que se esparcían las noticias por allí. Al menos la señora Carter no la miraba como si hubiese asesinado a la mitad de los habitantes de Great Aston.

–Pensé que les gustaría comer un poco de sopa casera y unos panecillos calientes –prosiguió la cálida señora Carter–. Y después hay un poco de carne fría, pastel caliente de pollo con champiñones y patatitas nuevas. Hay limonada casera en la jarra... y fresas de nuestro huerto para acabar –le sonrió a Nicole–. ¡Oh, qué muñeco! ¿Es suyo? –le preguntó entusiasmada.

–Sí –dijo Nicole, agradecida de que hubiese un respiro en las hostilidades–. Se llama Luc. Tiene siete semanas –lanzando una mirada a Blake, se preguntó si se pasaría de la raya al decir: «Y es legítimo». La mirada de advertencia que él le devolvió le indicó que quizá no sería lo más adecuado, y volvió su atención a la señora Carter, que se inclinaba hacia la sillita.

–¡Qué cielo! Es un verdadero muñeco –sonrió–. ¡Rubio como los Bellamie!

Nicole vio cómo Blake se envaraba. La mujer le señaló una serie de óleos que colgaban de las paredes. Por primera vez, Nicole se dio cuenta de que todos los cuadros retrataban a hombres rubios, y la mayoría de ellos serán del siglo XIX. Seguramente todos de la familia Bellamie. Hasta había uno que tenía los ojos idénticos a Gues Bellamie.

–Pero... –dijo Nicole perpleja, contemplando el color de piel y de cabello de Blake con curiosidad–, no todos son rubios.

–Siempre existen las regresiones genéticas –le confió la señora Carter con un guiño bromista dirigido a Blake.

Él respondió con una tensa sonrisa que no le llegó a los ojos.

–Es verdad. Bien, vamos a comer. Gracias, señora Carter, esto tiene un aspecto buenísimo –dijo, despidiéndola con cortesía.

Nicole se dio cuenta de que él no tenía ninguna intención de presentarla como un miembro de la familia. Se puso lívida. Un secreto familiar. ¿Así que no era lo bastante buena para él? O quizá fuese su padre quien no lo era. Se mordisqueó el labio.

–Estupendo –dijo la cocinera, dirigiéndose presurosa a la puerta–. Cuando quieran, me llaman y les traigo el café. Y algunas de sus obleas de chocolate.

–No dudo que Josef ha estado informándola de lo que ha sucedido esta mañana –dijo Blake como si no tuviese importancia, tras agradecerle la comida nuevamente.

La cocinera esbozó una amplia sonrisa y asintió con la cabeza.

–Mientras me ayudaba a acabar de hacer la tarta para la merienda, según puede ver –riendo, se pasó la mano por el pelo y una nube de harina se le formó alrededor del rostro–. Bien, iré a ver si ha lavado bien los cacharros... ¡no vaya ser que se haya ahogado o inundado toda la cocina!

Con otra sonrisa poco entusiasta, Blake asintió con la cabeza y esperó a que ella se marchase para servir un cuenco de sopa y pasársela a Nicole. El aroma era tentador y ella comenzó a tomarla con entusiasmo, entregándose al hedonista placer de la comida fresca y bien hecha. Parecía un ajusticiado disfrutando de su última comida, pensó tristemente.

Blake comió poco: unas cucharadas de la cremosa sopa de berros y un poco de quiche.

Nicole, por el contrario, consciente de que necesitaba recuperar energías, comió con gusto. Cuando acababa una segunda ración de fresas, se dio cuenta de que él la observaba.

—Estás dispuesto a hablar —dijo cohibida, limpiándose los labios con la servilleta de hilo—. Te escucho —sus ojos se abrieron, temerosos, al mirarlo.

Blake hizo una profunda inspiración, en los ojos una expresión rara, sensual e intensa que hizo que a Nicole la cabeza le diese vueltas, como si hubiese bebido demasiado.

—Café —murmuró él, poniéndose de pie de golpe. Se dirigió nerviosamente a una esquina de la sala y llamó a la señora Carter tirando de un cordón.

Nicole se dio cuenta de que no había nada sensual en él después de todo. Era nerviosismo. Se preguntó cómo habría malinterpretado su expresión.

Se hizo un silencio pesado. Con los nervios destrozados, Nicole contempló a Blake pasearse de un lado a otro. Como hubiese resultado ridículo que ella también se paseases por la estancia, se dirigió a Luc y simuló ordenar la bolsa del bebé. Con alivio oyó entrar a la señora Carter, el tintinear de las tazas de porcelana que acompañaba sus pesados pasos.

—¡Aquí estoy! ¡Qué bien ha comido! ¡Estupendo! Nunca me han gustado las mujeres que comen poco. Me parece una muestra de falta de generosidad. Yo siempre...

–Gracias –la interrumpió Blake, para que no siguiese parloteando.

Nicole se había dado la vuelta y sonreía a la cocinera, conquistada por la alegre actitud de la mujer y su total falta de ceremonia. Supuso que la señora Carter llevaría mucho tiempo con la familia y se sentiría con derecho a expresar su opinión de vez en cuando.

–Estaba delicioso todo, gracias –le dijo–. Me moría de hambre.

–De nada –ella sonrió–. No se lo diga al señor Blake –añadió en un simulado susurro que él pudo oír perfectamente–, pero haría cualquier cosa por él. Y por sus amigos también –con destreza retiró la bandeja con los restos del almuerzo y depositó la del café sobre la mesita con la ayuda de Blake–. Oh –suspiró–, ¿no es un placer tener un bebé en la casa? Esas manitas adorables, la naricilla... ¿verdad, señor Blake?

–Los niños siempre traen alegría –asintió él.

Su tono había sido suave mientras miraba a Luc, que dormía apaciblemente. Luego, el rostro se le ensombreció y apartó la vista, como si sus pensamientos lo irritasen. Nicole sintió que el estómago le daba un vuelco. Quizá sabía que su padre había tenido una extraña enfermedad que ella y Luc podrían haber heredado, pensó. El pánico le hacía elaborar todo tipo de hipótesis irracionales.

–Pues bien... tengo que irme a hacer un poco de pan –dijo la señora Carter de repente–. Ted se ha llevado a Josef a sembrar lechuga, si se preguntan dónde está.

Nicole vio cómo Blake abría la puerta para su cocinera y se le iluminaban los ojos con verdadera calidez cuando le daba las gracias. Luego, su rostro expresivo se ensombreció nuevamente al cerrar la puerta.

Lo siguió con la vista cuando él se dirigió al sofá ante ella con paso felino y decidido. Vio que él la evitaba con la mirada al sentarse y disponerse a hablar.

Nicole se aferró a la silla con nerviosismo e intentó calmar el tumulto de su mente. Allí estaba, por fin. La explicación.

Capítulo 5

NICOLE, que disfrutaba de un perfumado baño de espuma, pensó que no le costaría trabajo acostumbrarse a aquello. Cerró los ojos, exhausta, y dejó vagar la mente.

Estaba segura de que lo de su padre era un error. Lo que Blake le había relatado no tenía nada que ver con el hombre que ella conocía. Así se lo había dicho. Bueno, en realidad, se lo había gritado. ¿Cómo se atrevía a hacer aquellas acusaciones desagradables y ridículas? Eran tan estúpidas que no valía la pena que se alterase por ellas.

Dadas las circunstancias, la había sorprendido su oferta de alojamiento. Quizá lo preocupaba que ella contaminase a los vecinos del pueblo, pensó con ironía. Para aquella noche no tenía reserva en ningún hotel, así que accedió a quedarse en la mansión, a condición de que Blake hablase de cualquier tema y no de aquellas cosas infames de las que había acusado a su padre.

—No me crees —había dicho él con sequedad, después de haberle relatado increíbles anécdotas de los desmanes sexuales de su progenitor durante su adolescencia.

—Si no me sintiese enfadada —le dijo ella con un relámpago en los ojos—, me daría risa. Mi padre era un hombre encantador, amable. Vivía para su pintura.

—Y para el sexo.

—¡Qué va! No negaré que tuvo alguna relación después de que mi madre se marchase, pero eso no tiene nada de malo. Dos adultos que lo hacen de mutuo acuerdo...

—¿Por qué se marchó tu madre?

—¡Conoció a alguien más rico y más famoso! —dijo

ella con una mueca–. Mi padre todavía intentaba darse a conocer y ella estaba harta de la pobreza. Algunas mujeres no pueden soportar la pobreza –dijo desafiante al verlo fruncir el ceño.

–Sí, lo sé –dijo él, tenso, intrigándola. ¿Qué sabía él?–. ¿Por qué se casó con él, si era pobre?

–Un malentendido –respondió ella con tristeza–. Cuando se conocieron, él tenía un Bentley y algunas joyas personales muy valiosas. Mi madre me contó que aquello la había confundido, hasta que él comenzó a vender todo aquello para pagar la renta.

–El dinero se le escapaba de las manos... –dijo Blake con una mueca de desaprobación.

–¡No, en absoluto! –exclamó ella, indignada–. Era muy cuidadoso con el dinero. Ahorraba. Se privaba de cosas para que yo tuviese todo lo necesario...

–También se daba sus gustos –gruñó Blake–. A que no puedes negar que se emborrachaba...

–No, no puedo –concedió ella–. Pero...

–Lo que te decía, ¿ves? –exclamó Blake, triunfante.

–¡Una vez! ¡Una sola vez! –lo defendió ella–. Y tenía motivos para ello.

La pena le impidió hablar un segundo. El espanto al enterarse de la enfermedad terminal de su padre la había dejado incapaz de articular palabra. Parecía que el mundo se había detenido. Lo recordó transido de dolor, con la voz quebrada al darle la noticia con delicadeza. La invadió la rabia. ¿Qué diablos sabía del verdadero dolor aquel lord mimado por la fortuna?

–Mi padre se emborrachó una única vez, porque tenía que decirme algo muy duro –dijo, con los ojos relampagueando de furia–. No pensaba en sí mismo, sino en mí. Sabía cómo me sentiría yo –enderezó la cabeza, el pequeño y desafiante rostro tenso por el dolor y el enfado–. Me dijo que le quedaba poco tiempo de vida. Creo que eso le da derecho a cualquiera, ¿no?

–Los alcohólicos son muy hábiles escondiendo sus debilidades –dijo Blake.

–¡No era alcohólico! –replicó ella, enfadada.

Él se encogió de hombros, como si no pudiese confiar en la explicación de ella.

–¿No tenía una conducta libertina? ¿No recuerdas ninguna fiesta desenfrenada?

–¿Un depravado? ¡Cómo te atreves! –exclamó ella, con deseos de pegarle.

–¿No hacía fiestas? –dijo él con voz insinuante.

–¿Qué pasa, que las fiestas son ilegales? –espetó ella–. Claro que hacía fiestas. Ruidosas. Y si consideras «desenfreno» charlar y reírse y cantar, ¡entones te diré que sí, que las fiestas eran así! Pero nada malo, jamás. La gente venía con sus niños. ¿Crees que lo harían si hubiese habido algo indecente? –gritó, indignada–. Jamás hizo daño a nadie o a nada en toda mi vida...

–Tu madre no parecía tener la misma opinión de él –dijo él mordazmente.

–Si yo fuese mala –replicó ella–, podría decir lo mismo de tu ex mujer. O de mi ex marido. ¿Pero nos convierte eso en monstruos?

Él esbozó una pequeña sonrisa de reticente admiración y una penetrante mirada.

–Si tienes este ánimo después de tantas experiencias desagradables y un viaje agotador –murmuró, sorprendiéndola–, me pregunto cómo serás cuando te encuentras en forma.

–Dinamita –le respondió ella. «Así que será mejor que tengas cuidado», añadieron sus ojos.

–Sí... me lo imagino.

La sensual voz masculina la había turbado, atrayéndola inexorable. Se cruzó del brazos para protegerse, pero luego se dio cuenta de que con aquel gesto había levantado sus pechos. Buscando una vía de escape, le había preguntado si podía darse un baño y descansar un poco.

Con un suspiro, se sumergió más en el baño de espuma. Aquel cuarto de baño era todo un lujo, con cortinajes dorados en las ventanas, sujetos con cordones de pesadas borlas.

Se moría por envolverse en una de aquellas toallas gigantes, mullidas y suaves. Ahora que estaba segura de que aquellas acusaciones contra su padre eran totalmente infundadas, por fin se pudo relajar. La música deliciosa que provenía de un altavoz oculto contribuyó a ello.

Luc parloteaba feliz en una de las cunas que habían pertenecido a Josef, una herencia de familia que, a juzgar por el escudo de armas que la adornaban, parecía del siglo XVI. Sonrió. ¡Qué bien que vivían algunos! Pero no tenía ningún motivo para quedarse. Había logrado lo que quería: encontrar a la familia de su padre.

Por algún motivo, su padre había discutido con alguien y luego habían surgido aquellas historias para justificar que un Bellamie hubiese optado por abandonar Cranford Hall. Según parecía, había desaparecido una noche, cuando tenía unos veinte años. Sin embargo, Blake no le había desvelado quién le había contado aquellas terribles historias. La escoltó hasta unas habitaciones en el ala oeste y le dijo que pasaría a buscarla a las siete para cenar.

—Puedo ir sola —le había dicho ella.

—Espera aquí, por favor —había insistido él—. No sería un buen anfitrión si permitiese que anduvieses por los pasillos sola y te perdieras.

Salió de la bañera y se envolvió en la deliciosa toalla. Recordó lo tenso que estaba él en aquel momento, ¡como si temiese que ella le fuera a robar sus preciosas antigüedades!

—Pues bien, Blake Bellamie —dijo alegremente, secándose con vigor—, mañana a esta hora me encontraré de camino a casa, y tú y tu maravillosa familia os podréis guardar vuestros desagradables prejuicios porque no quiero saber nada de vosotros. Aunque resultes el hombre más sexy que he conocido en mi vida —añadió, mirándose en el espejo las curvas.

Pudo ver cómo sus pechos se henchían bajo su mirada y los pezones se le ponían duros de deseo. Lanzó un gemido por el calor en la entrepierna, que le latió, húmeda. Su anhelo por Blake en aquel momento fue más fuerte que el que había sentido por ningún hombre.

Aturdida por el poder que él tenía sobre ella, levantó la cabeza y miró sin ver la enorme vidriera de colores al otro extremo de la estancia. Luego le llamó la atención algo en la distancia.

Ajustándose la toalla al cuerpo, se acercó; alguien galopaba, rápido como el viento, una alta figura sobre un reluciente caballo negro. Se estremeció. Blake.

El cuerpo le ardió de un deseo que la consumía. Se llamó tonta por dejarse impresionar por aquella imagen romántica: el hombre sobre el caballo, un símbolo del poder y el dominio, la energía física y la virilidad. Y seguro que Blake era viril. Toda aquella energía desatada, las emociones reprimidas. En la cama, un hombre como aquél sería como un tigre recién salido de una jaula. Se estremeció, avergonzándose de sus pensamientos. Hacía demasiado tiempo que nadie la tocaba. Se estaba dejando llevar por la imaginación. Ni siquiera le gustaba a Blake. Cada vez que se le había acercado, él se había encontrado tenso de enfado reprimido porque ella había mancillado su hogar al ser la hija de la oveja negra de la familia. Seguro que la cena resultaría incómoda y fría. Suspiró y se apartó de la ventana, borrando con determinación la distante figura de su mente.

Decidió que comería en silencio, se marcharía a la cama inmediatamente y madrugaría para emprender el largo viaje a Francia sin despedirse. Él no se merecía que fuese cortés. Además, se alegraría de verse librado de su presencia.

El cuerpo entero le vibraba de la excitación de la cabalgada. Le había llevado un tiempo inusual librarse de las emociones contenidas. Nicole se le había metido bajo la piel y le había reducido el cerebro a una pulpa informe. ¡Qué estúpido era aquel deseo por ella, él, que había permanecido indiferente a docenas de mujeres mucho más adecuadas!

Pero aquélla era una mujer que lo sabía todo sobre el placer. Se le notaba en el balanceo del cuerpo, las miradas coquetas y el provocador mohín de sus labios. Había sido increíblemente voluptuosa, y él no había tenido más remedio que recurrir a una cabalgada vigorosa para quitársela de la mente.

Presa de un placentero cansancio, Blake pasó una hora con su madre, relatándole los acontecimientos del día, y cuidando de no mencionar a Nicole, por supuesto.

La señora Carter y el resto del personal se habían sorprendido al pedirles que no informasen a su madre de la presencia de la inesperada huésped, pero Blake sabía que ellos cumplirían sus deseos. Tener a Nicole alojada en su casa era un ligero riesgo, pero prefería que ella no hablase con los vecinos del pueblo. Lo importante ahora era evitar que ella encontrase por accidente las habitaciones de su madre antes de irse definitivamente de allí.

Hubiese sido inhumano hacerla marcharse sin darle tiempo de descansar. Era lo menos que podía hacer por un pariente. Una madre primeriza, con un bebé... una mujer que le había despertado terribles anhelos... Con el ceño fruncido, comenzó a vestirse para la cena. Ella pareció aceptar la situación. Le había mostrado el árbol genealógico y, en cierto momento, ella se mareó al ver el agujero donde el nombre de Giles había sido recortado cuidadosamente. La sujetó y casi cedió ante la tentación de consolarla con un abrazo. Pero ella hizo una inspiración y se soltó, mencionando que tenían los mismos bisabuelos.

–Sí –dijo él–. Mi abuelo y el tuyo eran hermanos. Tu padre y el mío eran primos.

–Hasta que mi padre fue borrado de vuestras vidas –masculló ella, irritada–. ¡Alguien de tu familia que... que quería que mi padre desapareciese, miente!

Aquello lo conmocionó, pero recordó que su madre se estaba muriendo.

–Comprendo por qué deseas creer eso, pero no es verdad. Acéptalo, Nicole.

–¡Me niego a hacerlo! –había exclamado ella, la angustia reflejada en los ojos.

Había sido difícil no abrazarla en aquel momento, pero logró contenerse.

–Dame tu dirección –le había dicho–. Nos mantendremos en contacto.

Y ella lo había hecho. En el futuro podría invitarla para ver si le podía confiar Cranford. De momento, por el bien de su madre era mejor que ella se fuese.

–Hola, papi.

Un pequeño torbellino entró por la puerta y se lanzó sobre su figura pensativa. Agarró a Josef con destreza y, riendo, lo tiró sobre la cama, donde lucharon un momento.

–¿Nunca llamas a la puerta? –gruñó sin enfadarse, separándose de Josef para ponerse de pie y meterse los faldones de la camisa en el pantalón.

–¿Por qué? No hay nadie aquí, solamente tú.

Podría haber estado haciendo el amor con Nicole. La imaginó en su cama y rápidamente pensó en otra cosa, aunque su cuerpo lo desobedeció.

–Te has puesto el traje bonito –dijo su observador hijo–. ¿Nicole cena aquí? ¿Me puedo quedar levantado yo también? –pidió entusiasmado.

–Ya has comido. Yo mismo he visto cómo te zampabas un plato de espaguetis a la boloñesa, dos bollitos de pan con mantequilla y dos raciones de fresas.

–Sí, pero podría miraros comer –dijo Josef, abrazándose a una pierna de Blake–. ¡Pooooorfi, papá! –rogó–. Te prometo que.. ¡me daré una ducha!

–¡Dios Santo, qué exagerado! –exclamó Blake sonriendo, y renqueó hasta el espejo, llevando a Josef a rastras. Se concentró en el nudo de la corbata. ¿Y por qué se tomaba toda aquella molestia en arreglarse? Pensó en la compañía de Nicole, las velas sobre la mesa, un ambiente íntimo...

–De veras, papi –dijo Josef, simulando que lloraba.

–Hacer «bu, bu, bu» no resulta nada convincente, tontín –le dijo al niño con afecto, intentando no reír–. Si prometes ordenar tu habitación y limpiarte los dientes sin protestar durante una semana, puedes ir a buscar a Nicole para cenar.

–Me vendrá bien practicar un poco de conversación –dijo el niño astutamente.

Blake asintió con la cabeza.

–Y después te vas a la camita sin protestar, ¿de acuerdo? –dijo, satisfecho. Josef le recordaría su papel de padre y lo haría olvidarse de seducir a la fascinante Nicole. Se aclaró la garganta y acabó de arreglarse.

–¡Ya te has cepillado el pelo cuatro veces! –lo acusó su hijo.

–Lo tengo hecho un desastre, por eso –gruñó Blake, molesto de que lo pusiese en evidencia. Dejó el cepillo–. Venga, vamos.

–¡A caballito! –exigió Josef. Blake lo sorprendió al acceder sin chistar.

Trotando por el pasillo con las rodillas de su hijo clavadas en las costillas, Blake reflexionó con cierto alivio que aparecer con el niño le quitaría de la cabeza la idea de un revolcón hasta a la más sensual de las mujeres y, con un poco de suerte, a él también. Nunca había deseado a una mujer lo bastante para querer satisfacer su deseo con una orgía de sexo de una noche.

¡Demonios! Se estaba volviendo a excitar. Sería mejor que se controlase.

–¡Venga, papi! –lo urgió su jinete con impaciencia, al ver que se detenía.

El calor del cuerpo de su hijo le atravesó la chaqueta, el dulce aliento le acarició el rostro y la suave mejilla presionó contra la suya. Aquello era lo más precioso, duradero y valioso del mundo. Conmovido por el amor que sentía por su hijo, lanzó un magnífico relincho y, tras simular que piafaba, partió a toda velocidad. Cabalgaron regocijados, saltando cercas imaginarias.

Cuando Blake llamó a la puerta del cuarto de invitados, estaba muerto de risa y sin aliento. Josef, alborozado, se aferraba a su cuello, casi ahogándolo.

Nicole los había oído acercarse mucho antes de que él golpease ligeramente con los nudillos. Le había dado tiempo para echarse una última mirada al espejo antes de ir a la puerta. Se había ruborizado por el color rojo de su vestido. Deseó haberse puesto algo más discreto. Parecía que estuviese indicando que se hallaba disponible. Titubeó, indecisa entre abrir la puerta o correr a buscar un chal para cubrirse los hombros desnudos y el atrevido escote.

Pero Josef la llamaba, así que agarró a Luc y corrió a la puerta. Blake estaría tan ocupado con su hijo que se olvidaría de criticarle un traje que ella había usado muchas veces sin que nadie hiciese ningún comentario... hasta la cena de despedida de Francia, recordó consternada. Al abrir la puerta, se dio cuenta de que había cometido un error.

Al principio, el aspecto de Blake la hizo estremecerse. Riéndose de su hijo con el rostro radiante, la alegría que emanaba le llegó a Nicole directo al corazón. Pero en cuanto Blake posó sus ojos en ella, su rostro se había ensombrecido. Incluso había retrocedido un paso después de recorrerla de arriba abajo con una mirada de censura. La boca se le puso tensa, los ojos se entrecerraron y apretó los puños.

Nicole sintió que se le iba el alma a los pies. «Cree que me estoy exhibiendo, que soy vulgar», pensó con consternación, poniéndose por delante a Luc, para que no se le viese el escote.

—¿Lista? —preguntó él roncamente.

Ella tragó el nudo que tenía en la garganta con los ojos muy abiertos. ¡No podía pasarse la noche con Luc en el regazo! No podría comer así.

—Tengo que buscar el chal.

—Te esperamos —dijo él, inclinando la cabeza en un gesto de aprobación.

¡Qué imbécil había sido! ¿Por qué había elegido aquel traje, cuando podría haberse puesto algo menos llamativo? «Vanidad», se dijo, y suspiró, dejando al Luc en la cama, donde se amontonaba la ropa que había descartado. Sabía que aquel ajustado vestido rojo le quedaba bien. Estaba segura de que la velada sería difícil, así que se propuso sentirse bien, impresionar a Blake y ganarse su respeto. Lo que había logrado hasta el momento, por el contrario, era parecer demasiado ansiosa. Enfadada, revolvió dentro de su maleta buscando el chal de seda.

—¡Hala! —exclamó la voz de Josef tras ella—. ¡Eres desordenada como yo!

—¡Josef! —exclamó Blake.

Roja de vergüenza, Nicole se dio la vuelta deseando que ellos no hubiesen visto la evidencia de su indecisión al vestirse.

—Nunca había comido en un sitio así de elegante —se apresuró a explicar.

—Si sólo es papá. Aunque él también se ha arreglado mucho. Yo lo he visto hacerlo —explicó Josef afablemente.

La mirada de Nicole se cruzó con la de Blake. Los ojos negro azabache se unieron a los ansiosos ojos claros y ella se sintió como si se hubiese electrocutado. Deliciosos estremecimientos le llegaban a partes del cuerpo que ni siquiera sabía que tenía, cortándole la respiración.

—Está muy bien —logró articular.

¿Bien? Estaba para comérselo. Llevaba un traje gris oscuro que le resaltaba los anchos hombros, el fuerte pecho y la delgada cintura. Una camisa color turquesa y una corbata verde esmeralda destacaban su bronceado. Estaba guapísimo y ella se sintió realmente aliviada de que Josef comiese con ellos.

—¿Vamos? —propuso Blake con altivez, levantando a Luc de la cama.

Nicole estuvo a punto de protestar al ver que él alzaba al bebé, pero no lo hizo. Luc había pasado mucho tiempo a solas con ella y no se iba fácilmente con desconocidos. Sin embargo, gorgojeaba alegremente en brazos de Blake. ¡Otra víctima del encanto de aquel condenado hombre!

Sin embargo, reflexionó, poniéndose el chal sobre los hombros y cubriéndose con él, Blake con un bebé en brazos resultaba menos interesante para sus alocadas hormonas. Luego, al ir por el pasillo con Josef de un lado y Blake del otro, se dio cuenta de que estaba equivocada. Nuevamente la ternura de Blake, su aspecto protector y la visión de sus enormes manos acunando a su adorado bebé se combinaron para que el corazón le diese un vuelco.

«Socorro», rogó mentalmente. Y la ayuda llegó.

—Bonito día hoy, ¿verdad? —dijo Josef alegremente, brincando a su lado mientras se acercaban a las escaleras.

—Muy bonito —dijo, agradeciendo la presencia del niño. Al ver su simpático rostro, alargó la mano impulsivamente y se la dio. El niño la miró con deleite.

—¿Habéis venido de lejos? —preguntó cuando comenzaban a bajar las imponentes escalinatas centrales.

Nicole reprimió una risilla. El niño parecía un señor mayor, con aquella conversación cortés.

—Desde Francia —respondió—, es muy lejos.

Josef se soltó de la mano de ella, se subió al pasamanos y se deslizó hasta abajo para volver a subir corriendo hasta ellos.

—¿Mucho tráfico? —preguntó educadamente.

La mirada de Nicole se cruzó con la divertida de Blake y, los dos se echaron a reír. Ella tuvo que sentarse en la escalera.

—¿Qué? ¿Qué he dicho? —preguntó Josef, perplejo.

—Oh, cielo —dijo ella, esperando no haber herido sus sentimientos. Cuando él se puso a su lado, Nicole le pasó el brazo por los hombros con cariño—. Es que... es que parecías un señor mayor, totalmente diferente a lo que eres en realidad. Aunque estuvo muy bien... parecía... ejem...

–Que imitabas a unos mayores durante un cóctel –la ayudó Blake.

–Ajá, estuviste absolutamente genial –asintió ella, al ver que el niño se alegraba. Se puso de pie y le volvió a tomar la mano.

Al entrar al salón, pensó satisfecha que la velada estaba resultando mucho mejor de lo que se había imaginado. Hacía mucho que no se sentía tan cómoda.

–Es hora de tu cuento –dijo Blake suavemente a su hijo, acomodando a Luc entre almohadones junto a Nicole.

Josef le lanzó una mirada de ruego a su padre y un enorme suspiro.

–Si estás pensando en buscarme una mamá nueva...

–No estoy pensando en ello. ¿Sabías el cuento del niño que encontró un bebé de dragón en su bolsillo y lloraba y lloraba porque el dragoncito se le había quedado pegado a un caramelo a medio chupar que tenía allí? –le dijo Blake, utilizando una excelente táctica de distracción.

El cuento prosiguió, lleno de aventuras y exagerada dramatización hasta que Josef y Nicole se desternillaron de risa. Cuando acabó, entre las carcajadas de todos, Josef, sin que nadie le dijese nada, corrió hacia ella a darle un beso de buenas noches, hizo lo mismo con Luc y le echó los brazos al cuello a su padre, que lo estrechó con fuerza contra su pecho.

–Te quiero mucho, papi.

–Yo también te quiero –le respondió Blake roncamente.

La adoración que se reflejaba en los ojos de Blake al contemplar a su hijo salir corriendo con su habitual exuberancia le hizo un nudo en la garganta a Nicole. Aquella velada familiar le había revelado mucho sobre el carácter de Blake.

La invadió un deseo irrefrenable de gustarle, de que él aceptase la verdad sobre su padre en vez de creer aquellas habladurías. Blake no era duro ni vengativo, solamente le habían dado una información equivocada. La familia había inventado que su padre era una especie de monstruo y Blake se lo había tragado sin cuestionar nada. Era comprensible, ¿por qué iba a cuestionarlo?

Pero ella no podía permitir que aquello quedara así. En aquel momento decidió permanecer allí hasta lograr que su padre fuese rehabilitado y añadido nuevamente al maldito árbol genealógico. Y, se prometió, insistiría hasta que se colocase una placa conmemorativa de la muerte de Giles en la iglesia, junto con todos los Bellamie cuya existencia se recordaba desde el 1500. Sonrió. Un agradable calorcillo la invadió al imaginarse descubriendo aquella placa...

–¿Vamos a cenar? –murmuró Blake suavemente.

Había un turbador brillo en sus ojos. Estaba segura de que era solamente un reflejo del candelabro, pero tuvo la inquietante sensación de ver en ellos un profundo interés. Tragó, diciéndose que no tenía que ser fantasiosa.

–Sí, desde luego. ¿Vendrá alguien más? –preguntó, el pulso acelerado al pensar en estar a solas con él.

–Soólo nosotros dos. ¿Algún problema?

Ella lo miró, pero no pudo esconder sus dudas.

–Podríamos mantener una conversación cortés como Josef. El tiempo... –él esbozó aquella sonrisa devastadora.

–¡El tráfico! –rió regocijada y bendijo a Josef por romper el hielo entre ellos nuevamente.

Alzando al bebé en sus brazos para dirigirse a la puerta, pensó que siempre podía recurrir a él si la situación se ponía demasiado incómoda.

Acababan de sentarse a la mesa cuando la señora Carter entró con una quiche de cangrejo, puerro y queso Gruyere y se llevó al alegre bebé antes de que Nicole pudiese protestar.

–Tiene que comer dentro de una hora o así –le recordó a Blake.

–No hay problema. Pero puedes librarte un rato de tu papel de madre –dijo Blake con una cálida mirada–. Quiero agradecerte... –prosiguió–. Te agradezco el tacto que has tenido con el intento de Josef de cultivar la conversación.

Ella sonrió. Aquel tema no era peliagudo.

–No quería herirle los sentimientos –la voz se le suavizó–. Es un encanto, Blake. Ojalá que cuando Luc crezca tenga el mismo espíritu y alegría de vivir.

Él se sirvió un vaso de vino y, cuando ella rehusó, le sirvió agua mineral.

–Le gustas mucho.

Aquellos ojos oscuros y brillantes se clavaron en ella. Lanzó un suspiro.

–Para mí eso es un gran honor. Me da la sensación de que no tiene ni pizca de paciencia con los tontos –dijo.

Se hizo una larga pausa en la cual Blake la observó pensativo.

–No, no la tiene.

Fue una pequeña victoria lograr que él lo reconociese, pero para ella significó mucho. Se había ganado a Josef sin haber hecho ningún esfuerzo. Ahora necesitaba cruzar el puente que la separaba de Blake. Quizá le costase más trabajo, pero necesitaba ganarse su confianza si quería reivindicar la virtud de su padre.

Blake inclinó la cabeza y se concentró en comer. Pensó que ella estaba preciosa a la luz de las velas, con el chal de seda cubriéndole los hombros y el rostro radiante de cariño por su hijo. Los intensos ojos azules, el dulce rostro y la boca hecha para ser besada eran cosas que él podría haber olvidado mediante un esfuerzo de voluntad, pero ella había simpatizado inmediatamente con Josef, lo cual la hacía especial. Mientras contaba el cuento, había sentido ansia de tener una relación profunda con una mujer que encajara en su familia. Aquel rato antes de cenar le había mostrado la familia que él siempre había soñado tener: una atmósfera relajada en la que pudiesen florecer la risa, el cariño y el amor.

—No ha habido demasiado viento hoy, ¿verdad? —oyó que decía ella.

Elevó los ojos y rió.

—Perdona —dijo, divertido—, estaba a kilómetros de distancia.

—A kilómetros de distancia... ajá... ¿mucho tráfico? —bromeó ella.

Él esbozó una amplia sonrisa.

—Sólo en mi cabeza —se inclinó hacia ella, intentando no mirar el subir y bajar de aquellos pechos—. Háblame de ti.

Los ojos de Nicole se iluminaron y durante el transcurso del primer plato él la escuchó y alentó a desvelar su naturaleza. Ella le habló con cariño de la pequeña casa de campo, la modesta fama de su padre, su trabajo como restauradora de cerámica antigua.

Él le miró las manos, delgadas, delicadas, sensibles. Le alcanzó un jarrón Lalique al que le faltaba un trocito en la base y ella lo recibió con delicadeza, tocándolo con sensualidad mientas le explicaba cómo lo arreglaría. Blake se imaginó aquellas manos acariciándolo y sintió un escalofrío.

—Has heredado el amor por lo bello que tenía tu padre —le dijo con voz ahogada. Una vocecilla le recordó que aquello había incluido docenas de hermosas mujeres. Giles las había amado, pero también se había aprovechado de ellas.

—Espero haber heredado también su carácter. Su bondad, su tolerancia, su ilimitada hospitalidad —dijo Nicole.

La adoración que sentía por su padre se percibía en cada una de sus palabras. Pero lo que ella describía también podía interpretarse de otra manera.

—Por lo que dices, siempre estaba rodeado de gente —apuntó él.

–¡Desde luego! –dijo ella con los ojos brillándole de entusiasmo–. Le encantaban las personas y era alguien muy querido –apuntó ingenuamente, sin darse cuenta de que él podría malinterpretar sus palabras–. Siempre teníamos visitas de familias enteras.

–Háblame de aquellas reuniones, de cómo eran.

–Nos sentábamos bajo las estrellas –dijo ella con añoranza–, los niños en el regazo de los padres mientras se conversaba y se reía –sonrió–. A mí me encantaban.

–¿Te gusta bailar? ¿La música?

–¡Oh, sí! –exclamó ella, entusiasmada–. Yo bailaba hasta caer rendida. La música me encanta, tiene el poder de hacerme reír y llorar. Bailábamos mucho en aquellas fiestas.

–¿De veras? –dijo él, arqueando una ceja.

–¡No de la forma en que tú piensas! –declaró ella indignada–. Lo único que hacíamos era bailar. Niños, adultos, abuelos... –lo acusó mordazmente–: ¡qué sabrás tú! Probablemente nunca has hecho nada temerario ni espontáneo en tu vida.

–Tengo responsabilidades –replicó él, dolido porque aquello era cierto.

–¡Pero también necesitas vivir! –declaró ella apasionadamente, el rostro lleno de vital energía.

Sí. Claro que lo necesitaba. Y cada vez más. Toda la vida había sido consciente de su posición, había tenido cuidado de no hacer nada mal. Y ahora Nicole lo tentaba con su carencia de restricciones, induciéndolo a que la abrazase y le hiciese el amor.

Con razón la deseaba. Ella representaba todo lo que él deseaba ser. Era exactamente lo que él sentía que bajo toda su represión. En aquel momento, habría intercambiado sus estilos de vida.

Había un marcado contraste entre la vida de Nicole y la forma en que lo habían criado a él. En muchas ocasiones había forcejeado con la camisa de fuerza que significaba ser el hijo de un caballero inglés. Y, más que nunca, envidiaba la libertad de la que lo habían privado.

Más segura y confiada, Nicole lo miró con los ojos brillantes, hipnotizándolo, atrayéndolo, representando todo lo que él deseaba.

–Te lo ruego –le dijo ella en voz baja, quizá sintiendo que él se ablandaba–, pregúntale a la gente de aquí sobre mi padre. Mantén la mente abierta hasta que tengas alguna evidencia de su supuesta maldad.

Su sonrisa, dulce y esperanzada, derretiría hasta el más duro de los corazones, pensó él, resistiéndose. Ella hizo una profunda inspiración y él sintió un ramalazo de deseo y luego enfado. Ella tenía que ser consciente del efecto que su cuerpo tenía en los hombres, pensó con ironía. Odiaba a las mujeres que recurrían al sexo para conseguir sus fines.

A pesar de saber que ella lo estaba tentando deliberadamente, su rabia se convirtió en ansia, un ansia de poseer parte de aquella mujer libre que había vivido una vida que él siempre había deseado tener. Si ella se lo ofrecía... ¿por qué no aprovecharlo? Se reclinó en el respaldo sin revelar en absoluto las pasiones que lo dominaban. Sin embargo, ella iba minando su control poco a poco cada vez que se inclinaba hacia él, ansiosa por limpiar la imagen de su padre, haciendo gestos típicamente franceses, llenos de gracia, fuego, pasión. En lo único en que podía pensar él era en tocar aquella piel de seda, tomar aquel delicado rostro entre sus manos, y abrir los labios para entregarse al beso... Dejarse llevar por el deseo que le invadía el cuerpo.

–¿Blake?

Parpadeó, a punto de explotar. Tenía que moverse. Abruptamente, se puso de pie y recogió los platos para llevarlos al aparador.

Fue un error acercarse a ella para quitarle el plato. Nicole levantó la vista, murmuró las gracias y él casi sucumbió, embriagado por su perfume. Ella no se ofreció a ayudarlo, sino que se quedó sentada, con aspecto triste. ¿Estaría actuando nuevamente?, se preguntó, enfadado. Controlando su impulso de estamparle mil besos en la boca, sirvió el postre de frambuesa. Le puso el plato delante a Nicole y luego se volvió a sentar como un autómata porque si cedía, acabaría obedeciendo a la vocecilla que en su cabeza le decía: «Reacciona, hombre, que ella está interesada. Venga, atrévete».

La disciplina pudo más. El delicioso postre le supo a cartón.

—No me escuchabas. Te estaba aburriendo —dijo ella con tristeza, sin tocar el postre.

¿Aburriéndolo? Se dio cuenta del sensual mohín de los labios femeninos y lo irritó que ella tuviese aquel efecto sobre él.

—Oí cada una de sus palabras —dijo, y, sin levantar la cabeza, se metió una cucharada de frambuesas en la boca, simulando que las disfrutaba.

—Entonces, comprenderás... —dijo ella en voz baja—, por qué no puedo permitir que creas eso.

Aquella voz sensual dejó por los suelos su intención de mantenerse distante. Tenía que levantarse. Se dirigió al ventanal y abrió las cortinas y las ventanas y miró la noche estrellada hasta que se le aclaró la cabeza. Ella estaba usando su feminidad para persuadirlo, pensó, enfadado. Y él, como un bobo, se dejada engatusar por sus trucos y carantoñas.

—La honestidad de mi fuente es incuestionable. Mi fuente no mentiría —dijo él con firmeza.

Oyó que ella apartaba la silla de la mesa y el repiquetear de los tacones deliciosamente femeninos acercándose a él, causándole una gran excitación.

—Pues en algo se equivoca, porque yo sé que no miento —dijo ella apasionadamente, a pocos centímetros de él—. Yo lo conocí y tú no. Lo más probable es que tenga razón.

Si se daba la vuelta, estaba seguro de que la tomaría entre sus brazos y haría un ridículo total. Intentó que su cerebro obnubilado se centrase un poco. Estaba claro que ella creía que su padre había sido un hombre bueno. Aquello le planteaba un dilema: creerla a ella y cuestionar la versión de su madre, o callar hasta conocerla mejor, como había sido su intención.

La mano femenina le tocó el brazo y, automáticamente, él se puso rígido.

—Por favor, Blake —susurró ella—, sé que no te gusto, pero eres un buen hombre y estoy segura de que si piensas en esto con ecuanimidad, te darás cuenta de que yo... yo...

Haciendo caso omiso a la resolución que había tomado, él se dio la vuelta con violencia. Incapaz de contenerse, dio un paso adelante y la agarró de los brazos con fuerza. Al ver el lento parpadear de aquellas pestañas, el sensual mohín de la boca, los lánguidos movimientos de aquel cuerpo maravilloso, se dio cuenta de que ella también estaba excitada.

—Nicole —intentó decir con la respiración entrecortada. No había marcha atrás.

Capítulo 6

ELLA no se podía mover. Por supuesto que había oído hablar del *coup de foudre,* el rayo caído del cielo que podía partirte de forma inesperada y fatal, pero nunca había creído en él, en el amor a primera vista.

Hasta aquel momento. Nunca había tenido aquella profunda y clarísima necesidad de tocar a un hombre, estar con él, seguir cada uno de sus movimientos.

Era alarmante que la urgencia de su necesidad la hiciese olvidarse de su propósito. Era una sensación maravillosa y todo su cuerpo la empujaba a dejarse llevar, a estirarse para besar la boca seria y obcecada de Blake hasta conseguir que sus labios se ablandasen, que él tirase por la borda su rigidez y dejase que la sangre le corriese por las venas.

Levantó la cabeza hasta poner su boca a apenas centímetros de la de él.

–¿Sí? –murmuró, invitadora.

Y, justo cuando el ceño de él se fruncía todavía más, se oyó el llanto del bebé.

–Qué oportuno –gruñó él, dejando caer los brazos.

¿A qué se refería con aquello? Trémula, se dirigió a la cocina. ¿Qué creía, que la interrupción significaba que podía evadir sus preguntas? ¿O que se había librado de tener que rechazarla? Se puso roja de vergüenza.

¿Cómo habría sido tan imbécil? Sí, le faltaba el aliento. Deseaba que Blake le hiciese el amor. Muchísimo. ¡Pero no era necesario que se comportase como una colegiala! Lanzando un suspiro, corrió a la cocina a abrazar a su bebé.

—Hola, cielo —murmuró con cariño—, ¿otra vez con hambre, eh? —esbozó una sonrisa de agradecimiento y alargó los brazos para tomar al bebé que la señora Carter acunaba.

—No debería correr a su lado en cuanto abre la boca —la regañó la cocinera con cariño—. Pobrecita, está pálida. ¿Quiere que le haga una taza de chocolate?

—Yo me ocuparé de Nicole —dijo una voz profunda tras ella.

Nicole se puso tensa por la presencia de Blake dominando la estancia. La piel le ardía. El aire pareció enrarecerse. Espió a la señora Carter para ver si la cocinera se había dado cuenta de ello, pero ella seguía apilando platos como si no existiese aquella electricidad en el aire.

—De verdad... no... no necesito nada —dijo Nicole, entrecortadamente.

—¿Por qué no se va a dormir, señora Carter? —sugirió Blake, sin hacer caso del parloteo de Nicole—. Ya ha hecho más que suficiente. Maisie puede recoger el resto mañana por la mañana —le apoyó la mano en el hombro—. Ha estado magnífica. Ha sido una cena fantástica —dijo cariñosamente—. Gracias por el trabajo que se ha tomado. Buenas noches, entonces. Que duerma bien.

—Si a usted le parece...

—Desde luego.

La señora Carter se aclaró las manos y se las secó antes de marcharse pesadamente dando las buenas noches.

Ahora Blake aprovecharía para enfrentarse a ella, pensó Nicole consternada. La acusaría de ser inmoral, diría que cualquier mujer que se ofrecía a un extraño de aquella forma tendría que provenir de un hogar libertino...

—El bebé está llorando...

—¿Crees que no me doy cuenta? —explotó—. ¡Estoy esperando que te marches!

Él la contempló sin apartar de ella aquellos penetrantes ojos negros. Y Nicole sintió que se derretía y que la sangre llenaba de energía cada una de sus células, haciéndola sentirse tan viva que tuvo miedo.

Aquello no era bueno para Luc, tenía que calmarse. Pero no podía con Blake en la misma estancia que ella, mirándola con aquellos ojos soñadores. Intentó convencerse de que se debía a que estaba cansado.

–¿Quieres chocolate? –dijo él con voz ronca.

Un torbellino de emociones la sacudió. Se sentó rápidamente, dándole la espalda.

–¡No! –exclamó–. ¡Quiero que te vayas!

Él le tocó el hombro con la mano y ella dio un respingo. Los dedos masculinos juguetearon con el tirante del vestido. Durante un momento, ella pensó que él se lo bajaría para descubrirle el seno con la mano y sintió que la recorría un cosquilleo de anticipación. Deseó que él lo hiciese, aunque sabía que sería el acto de un hombre que pensaba que ella era una cualquiera.

–Buenas noches –murmuró él, cortante, y se marchó cerrando de un portazo.

Temblando, ella se bajó el tirante. Sentía calor donde él la había tocado como si la reclamase para su incuestionable posesión.

–¡Oh, Luc, cariño mío! –susurró decepcionada–, he cometido un grave error. Él me desprecia. Le he fallado a tu abuelo.

Se apoyó en el respaldo de la silla hasta que se calmaron un poco sus pensamientos. Contemplando a su hijo, pensó que él era lo más importante de su vida. No permitiría que aquellas habladurías infundadas sobre su abuelo le arruinasen la vida. No podría dormir tranquila hasta aclarar aquello. La injusticia era algo que no podía soportar.

Por la mañana haría sus propias averiguaciones. Seguro que mucha gente recordaría a Giles Bellamie. ¡Le daba igual que Blake no quisiese que ventilase aquel tema en público! No se dejaría vencer por su negativa a considerar siquiera que estuviese equivocado.

Quizá nunca lograse que él la respetara como persona, pero de algo estaba segura: haría que él recono ciese su equivocación con respecto a Giles Bellamie. Tenía que hacerlo. Por el futuro de Luc.

Las seis. Sin hacer ruido, hizo la maleta y preparó a Luc, que no tenía hambre y se encontraba bastante inquieto. Le costó vestirlo. Aquella mañana se sentía dispuesta a lo que fuese. Había dormido bien, algo que no la sorprendía, tras aquel día agotador. Después de ponerse una de sus amplias faldas de verano y una camiseta corta, ordenó el cuarto para que la señora Carter y Maisie no tuviesen trabajo cuando se hubiese marchado. Jugó menos de lo habitual con Luc antes del desayuno. Lo abrazó un poco, le hizo cosquillas en la barriguita y le dio unos besos.

–Tengo cosas que hacer –murmuró, rozándole con la nariz los rosados piececitos–. Ir a ver a algunas personas... Venga, cariño, espera en la cuna mientras me organizo.

Puso en marcha el móvil musical que la señora Carter le había sujetado a la cuna y por un momento Luc se quedó tranquilo, los enormes ojos azules abiertos y fijos en los animalitos.

Esperando que no hubiese alarma contra ladrones, bajó las escaleras de puntillas con la maleta. Luego volvió en busca de Luc, que parecía nuevamente inquieto.

–Calla, cariño, calla. Ya estoy aquí. Tomaré el desayuno –le susurró dirigiéndose a la cocina–, y luego iremos al pueblo, ¿de acuerdo? –le dio un beso y el niño dejó de quejarse un momento–. Después, tomaremos un café y luego reservaremos habitaciones en algún sitio... ¡oh!

Se detuvo en el umbral, confundida. Blake, despeinado y sin afeitar, se sentaba a la mesa de la cocina frente a un humeante tazón de café. Llevaba ajustados vaqueros negros y una camiseta. Estaba muy guapo sin arreglar, y Nicole se estremeció de miedo y excitación a la vez.

–¿Qué haces tú aquí? –le preguntó él rudamente.

Ella se sorprendió, pero no estaba dispuesta a arredrarse. Quizá él la considerase vulgar, pero eso no le daba derecho a ser grosero con un huésped de su casa. Ella había cometido un error, había malinterpretado las señales. ¿La convertía ello en alguien a quien despreciar? ¡Los hombres hacían proposiciones deshonestas y no por ello se los consideraba promiscuos!

–¿Qué te sorprende? –dijo, elevando la barbilla con gesto de rebeldía.

–Te has levantado muy temprano –se quejó él, como si eso fuese un crimen.

–Tendré que decirle a Luc que no se despierte antes de las ocho si alguna vez vuelvo a esta casa –respondió ella con sarcasmo, entrando resuelta en la cocina. ¡Aquello haría que cerrase el pico! Con la cabeza en alto, tomó el hervidor y se dirigió hacia el grifo para llenarlo. Sujetaba al inquieto Luc con un brazo e iba a preparar el desayuno con la otra mano, como muchas madres lo habían hecho a través de los siglos.

–Yo te prepararé el té –dijo Blake, quitándole el hervidor de la mano, con aspecto de preferir prepararle un cóctel de arsénico con estricnina.

–Pensaba cocinar algo –dijo ella, lanzándole una mirada de furia.

–Yo lo haré.

–Mejor yo –replicó ella–, a ver si los huevos quedan amargos por tu malhumor.

–Luc te necesita, está inquieto. Ocúpate de él y déjame que te haga el desayuno, así podréis marcharos –dijo Blake, enchufando el hervidor con cara seria. Luego se dirigió a la nevera y sacó huevos, beicon y salchichas.

–Me gustaría un tomate –le dijo ella. Si quería hacerse el mártir, peor para él.

Él le hizo una mueca de desagrado y ella lanzó una risilla.

–Me alegra que te cause gracia –masculló él.

–¡Qué pintas! –dijo ella, lanzando una carcajada–. ¿Siempre te levantas de malhumor?

–¿Y tú, siempre te levantas tan endemoniadamente alegre? –replicó él.

–No me queda otra opción –dijo ella–. Luc generalmente está dispuesto a jugar en cuanto sale el sol–. ¡Vaya –le dijo al bebé–, este malhumor es contagioso! ¿Dónde está tu sonrisa, cielo?

–¿Cuándo te vas?

–En cuanto desayune –al ver su bostezo y la lentitud de sus movimientos, no le costó adivinar lo que había sucedido–. ¿Has pasado la noche en vela? –le preguntó, cáustica, recordando sus referencias a los supuestos excesos de su padre–. ¿Te has ido de juerga, verdad? –y se preguntó, celosa, quién lo habría mantenido despierto, causándole aquel malhumor.

–Paseando –dijo él. Le dio la vuelta a las salchichas con pericia y una expresión tal de enfado que Nicole pensó que las quemaría con la mirada.

–¿En la oscuridad? –preguntó, curiosa y aliviada de que él no hubiese estado con una mujer. «Estúpida. ¡Estúpida!», se dijo a sí misma.

–Luna llena.

–Ajá. No tendrás sangre de Transilvania en tus venas, ¿verdad? –le preguntó.

–Si fuese un vampiro –dijo Blake secamente–, habrías sido mi víctima anoche.

Evitando la mirada de ella, se pasó la mano por el alborotado pelo y se masajeó las sienes.

–¿Por qué no tranquilizas a tu niño y me dejas en paz?

–¡Oh! –dijo ella, simulando una exagerada comprensión–. ¡Tienes resaca!

Él dejó cubiertos sobre la mesa con un golpe y luego hizo lo mismo con la sal y la pimienta.

–¿Con dos whiskys? ¡Qué va! –dijo él.

–Entonces no tienes excusa para estar de mal humor –replicó ella, rápidamente.

–Tengo motivos –dijo, un relámpago de enfado iluminándole los ojos–. Tú eres decididamente uno de ellos.

–¡Oh! –exclamó ella, sintiéndose hundida.

Se hizo un silencio, roto solamente por el crepitar de

la comida de la sartén y sus intentos cada vez más de-sesperados de hacer que Luc sonriese.

–Dámelo mientras comes.

–No, gracias. No está muy alegre hoy y... –se inte-rrumpió. Blake había acercado su rostro al de ella y vio que estaba a punto de explotar.

–Quiero que te marches cuanto antes –le dijo con los dientes apretados–. Si no sueltas a Luc tendré que cor-tarte la comida y dártela bocado a bocado. ¿Eso es lo que quieres?

La imagen de Blake dándole de comer le resultó te-rriblemente erótica. Casi le dijo que sí, que quería. El pulso se le aceleró, como si el corazón le fuese a saltar del pecho. El rostro de él mostraba pasión y sus ojos ar-dían. Tragando el nudo que tenía en la garganta, le pasó a Luc. Con dedos trémulos, tomó el cuchillo y el tene-dor y comió mecánicamente. Se metió comida en la boca, pero sólo porque él se daría cuenta de lo turbada que estaba si no comía.

Le llevó un rato recobrar la compostura. Luc la había traicionado completamente: chillaba de alegría cada vez que Blake lo arrojaba al aire y lo volvía a agarrar, dis-frutaba de cada segundo.

Mientras ella desayunaba, ellos se divirtieron como locos. Era evidente que ambos disfrutaban de aquella actividad típicamente masculina.

–Me marcho –no pudo evitar decir ella al ver lo bien que se lo pasaban–. Pero me quedo en el pueblo, ¿sa-bes?

La pirueta se interrumpió de golpe. Blake la miró, sorprendido.

–¡A que no! –exclamó, colocándose a Luc con des-treza en el hombro, lo cual le causó a ella mucho en-fado.

–Tengo que hacer ciertas averiguaciones –dijo ella con suficiencia, atacando el último trozo de beicon.

–Nadie te dará alojamiento –dijo, contemplándola pensativo.

–¿Porque tú eres el cacique del pueblo? –preguntó ella, lanzándole una mirada de desconfianza.

–Algo por el estilo –respondió lacónicamente.

Nicole se quedó boquiabierta.

–¿Quieres decir que le darías la orden a la gente de que no me alojase? –exclamó, estupefacta.

–Si fuese necesario...

–Pero... eso es.... eso es...

–Abuso de autoridad –dijo él, que no pareció preocuparse por aquello. Por el contrario, se mostraba orgulloso de la forma en que pensaba comportarse.

–¿Por qué? –exigió saber.

–Muy sencillo. No quiero que le des la lata a la gente por el mero hecho de que no puedas aceptar que tu padre era...

–¡No lo digas! –exclamó, poniéndose de pie–. Me da igual que manipules a todos como si fuesen marionetas: algún día descubriré la verdad. Hay otros pueblos cerca, otras posadas donde alojarse. Dame a mi hijo. Quiero marcharme de esta casa –le quitó a Luc de los brazos y se sintió consternada al ver que el niño comenzaba a protestar nuevamente–. Volveré con pruebas, Blake Bellamie, ¡y tendrás que pedirme disculpas de rodillas! –exclamó.

–¿De rodillas? –se burló él, con los ojos brillantes. Esbozó una sonrisa–. Ay, qué miedo me das.

–¡Espera y verás! –masculló, furiosa consigo misma porque, cada vez que él la miraba insinuante, su cuerpo reaccionaba con deseo.

–¡Un momento! –le ordenó él al ver que se daba la vuelta y se dirigía a la puerta.

–¿Qué pasa? –le preguntó, volviéndose para mirarlo desafiante.

–Te has olvidado de algo –gruñó él y ella se estremeció.

–¿Qué? –dijo. Sabía lo que él estaba a punto de hacer, pero no se podía mover.

Sus miradas se encontraron. Los labios resecos de ella se separaron cuando intentó tomar aire. La esperanza y el miedo se debatieron en su mente y un deseo incontrolable le impidió darse la vuelta y salir corriendo.

Le llevó a Blake un segundo cerrar la distancia que los separaba. Antes de que ella pudiese moverse, la tomó de los hombros y le dio un beso tan profundo e intensamente erótico que la hizo gemir de ansia. Segundos más tarde, se apartó con expresión dura. Ella lo miró, sorprendida.

–¿Por qué... qué...? –dijo, entrecortadamente.

–Me parece que esperabas que sucediese esto anoche –dijo él, mordaz, con el rostro y el cuerpo rígidos por las emociones reprimidas.

Tenía razón, por supuesto, lo cual hacía que fuese peor.

–No... no comprendo –tartamudeó, roja como un tomate.

–Es para que sepas que las cosas suceden solamente cuando yo quiero. Yo soy quien lleva la voz cantante aquí.

–¡Desde luego que eres el cacique del pueblo! –espetó.

–Exactamente –dijo él, con una mirada de enfado–. Te lo advierto, Nicole –añadió, con tono ligeramente amenazador–... si llegas a poner un pie en mis tierras o molestar a los vecinos, me encargaré de hacer públicas las aventuras de tu padre, aunque ello signifique que toda la familia se vea afectada por ello.

–¿Quieres decir que nadie sabe que él era una mala persona?

–Por supuesto que no. Era una cuestión privada de la familia –respondió él secamente–. Pero no te engañes: si sigues dando la vara, no me importará mancillar nuestra reputación. Por más que no lo creas, no soy un tirano. Se me respeta, nadie duda de mi palabra. Así que, si sabes lo que te conviene, y lo que le conviene a la memoria de tu padre, vete de Great Aston y no vuelvas hasta que te inviten. De lo contrario, te verás sumergida el infierno que tú misma habrás causado.

Capítulo 7

¡HOLA, papi! ¡Hola, Nicole, hola, bebé!
Ambos dieron un salto cuando Josef, vestido de Monsterman, entró inesperadamente a la cocina.

–Oh, estáis peleándoos –murmuró, deteniéndose de golpe, al ver los dos rostros tensos–. ¿Salgo y vuelvo a entrar para que podáis hacer que no pasa nada?

Nicole pensó que Josef seguramente habría visto a su madre discutir con Blake y que, al ser increíblemente perceptivo, el niño habría desaparecido discretamente para que ellos recobrasen una falsa atmósfera de cortesía. Se le oprimió el corazón. Intentó pensar en una forma de tranquilizarlo.

–¿Qué haces levantado a estas horas? –preguntó Blake, con un aterrador autocontrol.

–Me desperté y fui a tu dormitorio, pero tu cama estaba hecha, así que me vestí y fui a ver a la abuela y se lo dije, pero ella tampoco sabía dónde estabas –sonrió Josef–. Le dije que una señora muy guapa se había quedado a dormir y ella arqueó la ceja como tú, papi. ¿Has dormido con Nicole en su cama?

–¡No! –exclamaron Nicole y Blake al unísono.

Josef dio un salto, sobresaltado.

–¿Qué pasa? –preguntó con los labios temblorosos–. Abuela me dijo: «¡Ah, con que ésas tenemos!». Y me pidió que le llevase un vaso de zumo de naranja para que le hablase más de...

–Ya lo haré yo –masculló Blake, dirigiéndose al frigorífico. Sirvió zumo en un vaso.

–Entonces, ¿no estabais discutiendo porque tú te llevaste todo el edredón y Nicole tuvo frío, papi?

–¡No! –dijo Blake secamente–. Venga, a desayunar –se dirigió a la puerta–. Enseguida vengo –masculló, y se marchó.

Nicole, que acunaba a Luc para calmarlo, esbozó una sonrisa intentando consolar a Josef.

–Tu padre y yo acabamos de conocernos –dijo suavemente–. Generalmente la gente casada es la que duerme junta...

–Debbie Barker no está casada con el papá de Pete y duermen juntos –declaró Josef, sirviéndose cereales en un cuenco.

Nicole lanzó un suspiro. Con los niños era imposible eludir los temas.

–Supongo que se conocerán bien –dijo.

–Claro. Pete dice que hasta se bañan juntos. ¿Haréis lo mismo vosotros cuando os conozcáis mejor?

–Yo prefiero darme una ducha –respondió Nicole con voz débil.

–En la de mi padre hay sitio para dos –la informó Josef amablemente–, pero en la ducha no se puede jugar con la lancha de Monsterman.

–Me parece –dijo Nicole, comportándose como una total cobarde–, que Luc necesita que le cambie los pañales. Perdona un momento.

Se dirigió al sofá, abrió el cambiador y depositó sobre él a Luc, que no paraba de gimotear.

–Le he dicho a la abuela que eras más simpática que las demás amigas de papá –anunció el incorregible Josef con la boca llena de cereales.

–Gracias, es un honor –dijo ella, preguntándose cuántas amigas de su padre habría soportado el pequeño. Probablemente, docenas, pensó, a juzgar por los niveles de testosterona de Blake. ¿Le harían mimos a Josef o las desconcertaría su actitud franca, sin pelos en la lengua? Estaba claro que la abuela sabía lo que significaba la llegada de una mujer a aquella casa.

–No sabía que tu abuela viviese aquí –dijo, por seguirle la charla al niño.

–Está en la cama todo el tiempo. sólo la veo una vez al día con papá. Me parece que le pasa algo en las piernas, porque el otro día Maisie dijo que estaba a punto de estirar la pata.

–Oh, qué pena –dijo Nicole, consternada. Pobre Blake. Seguro que estaría preocupado por su madre enferma.

Pensaba en ello mientas desabotonaba el trajecito del bebé y tardó un segundo en darse cuenta, horrorizada, de que Luc tenía unas manchas en la piel. Con manos trémulas, lo cambió rápidamente e, intentando controlar la voz, llamó a Josef.

–¿Me podrías dar un vaso, por favor?

–¿También toma zumo Luc? –preguntó el niño, que se tomó una terrible lentitud en alcanzarle el vaso.

–¡No! –exclamó Nicole y, presa del pánico, le arrancó el vaso de las manos y se lo apretó a Luc contra la piel para ver si tenía meningitis. Las manchas desaparecieron. Se sentó sobre los talones, aliviada, y soltó el vaso.

–¿Pasa algo? –preguntó Blake con urgencia, y con su bronceada mano agarró el vaso ante de que se cayese.

Ella se llevó una mano a la frente e intentó recobrar la compostura, pero temblaba incontrolablemente. Tras un segundo, Blake la rodeó con el brazo.

–Tranquila –le dijo a Nicole con voz ronca–. Inspira profundamente. Parece urticaria.

–¡No es meningitis! –susurró ella, hundiendo el rostro en el hombro de Blake. Seguramente a él lo molestaría que ella fuese descarada, pero le daba igual. Necesitaba consuelo y él era la única persona disponible–. Es otra cosa, ¡no es meningitis! –elevó el rostro hacia él, con expresión trágica–. ¡Oh, Blake, pensé... pensé…!

–Tranquila, tranquila.

Al verla estremecerse, Blake titubeó un segundo y luego, con un suspiro, la abrazó con fuerza.

Le bastó el aroma masculino y la firmeza de sus músculos para tranquilizarse.

Una manita le agarró la suya. Apartó el rostro y vio la carita de Josef, que la miraba con ansiedad.

—Ya estoy bien —dijo, trémula, intentando calmarse por el niño. Esbozó una sonrisa y le apretó la manita—. Pensé que Luc estaba muy enfermo, pero probablemente no sea nada.

Blake la soltó, se puso de pie y se dirigió rápidamente al teléfono.

—Llamaremos al médico —dijo—, para asegurarnos. Joe, acaba tus cereales, hazte una tostada y prepárate para ir al cole. Susie te llevará hoy. La encontrarás en las caballerizas, ¿de acuerdo?

—Sí, papá. Si... si pasa algo, me lo dirás, ¿verdad?

—Llamaré a la escuela con lo que sea, te lo prometo. Muy bien, hijo —dijo Blake, haciendo un movimiento de aprobación con la cabeza antes de hablar por teléfono.

Nicole sintió que el pulso le latía alocadamente. Hundiéndose en el cómodo sofá, acunó a su adorado hijo, rezando para que no fuese nada grave. Aquello podría ser por mil motivos distintos y no quería ni pensar en ellos. Luc era su vida y tenía que protegerlo. Haría cualquier cosa, lo que fuese, por él. Le temblaron los labios y estuvo a punto de echarse a llorar.

—Enseguida viene. No te preocupes —le dijo Blake cuando ella lo miró con los ojos llorosos—. Ya verás que no es nada —se sentó a su lado y la sorprendió al tomarle las manos entre las suyas.

—Gracias —susurró, mirándolo agradecida—. Puedo enfrentarme a casi todo en esta vida, pero la idea de que... de que... —no pudo decirlo. La muerte de su padre le había resultado difícil de superar, pero la idea de que su bebé pudiese...—. ¡Lo siento! —dijo, intentando controlarse.

Un pañuelo le secó las lágrimas. El rostro de Blake se hallaba muy cerca y parecía menos enfadado que antes. Más cálido. Más amable.

—No te preocupes, es lógico. Te comprendo —dijo—. Sentí la misma impotencia una vez que Josef pilló una gastroenteritis.

–Me acuerdo –terció la vocecilla de Josef–... ¡cómo vomitaba por todos lados! Y papá venga a limpiar y limpiar. ¡Puaj! Y no sólo eso, también me dio una...

–Prepárate la tostada, Josef y ahórrate los detalles –dijo Blake secamente. Se volvió hacia Nicole, que levantó los ojos al cielo comprensivamente ante la falta de delicadeza del niño. Le rozó con un dedo los sonrientes labios y ella contuvo la respiración–. Este hijo mío es un metepatas, pero al menos te ha hecho sonreír –murmuró.

–Haría que hasta las piedras se riesen –dijo ella, intentando controlar el pulso.

–¿A que me merezco un premio? ¿A que sí, papi? ¿Puedo ir en el poni al colegio? –pidió Josef, intentando sacar ventaja de su buena racha.

–No. Te vas andando, como todo el mundo. Y no comiences a enumerar a todos los niños que van en coche. Sabes perfectamente a lo que me refiero.

Josef cerró la boca, que tenía abierta, y Nicole sonrió nuevamente al ver que Blake le había tomado la delantera. Pero el niño se recuperó rápidamente.

–¿Estarán Nicole y Luc aquí cuando vuelva? –preguntó, esperanzado.

Blake lanzó un irritado suspiro de resignación.

–Probablemente.

–¡Qué bien! Así les podré mostrar mis escarabajos.

–Dependerá de cómo esté Luc –advirtió Blake–. Quizá no esté como para mirar escarabajos.

Nicole sabía que Blake no quería que ella se quedase. Por más que ahora se mostrase cariñoso con Luc, la noche anterior le había manifestado claramente lo que sentía. Y ahora solamente sentía compasión hacia un bebé enfermo, no había cambiado de opinión con respecto a ella.

–Lo siento mucho –dijo cohibida–. De veras que pensaba marcharme...

–Ahora no puedes –gruñó él y Nicole no supo si se sentía enfadado o resignado a la nueva situación–. No te voy a echar con un bebé enfermo, ¿no te parece?

–Blake... –titubeó. Deseó decirle que lo respetaba y lo admiraba. Por eso, quería limpiar el nombre de su padre. Deseaba que se estableciese una relación entre los cuatro: Blake, Josef, Luc y ella. Eran su familia, la única familia que tenía, aparte de Luc.

¿Podría expresarle lo que sentía? ¿Qué podía perder?

A Blake le gustó sujetarle la mano, intentar tranquilizarla. No comprendía el porqué, solamente que todo su ser se rebelaba contra la decisión de mantenerla alejada de Cranford. Ella había sido considerada con Josef todo el tiempo y era una excelente madre. Frunció el ceño.

Al llevarle el zumo, su madre había expresado la esperanza de que por fin hubiese encontrado una «buena chica». Él le aseguró que su aspecto desaliñado no era por haber pasado una noche de pasión con una guapa joven, sino a que había estado mirando los tejones en el prado.

–Qué pena –le dijo ella, tomándolo por sorpresa–. Sé feliz, querido. Sigue los dictados de tu corazón y de tu intuición. No cometas el mismo error que yo.

Por tacto, él no le replicó que ella era quien le había enseñado a reprimir sus emociones. Le dio un beso y prometió volver luego y hablarle un poco de Nicole. No sabía cuánto le revelaría.

Y ahora su corazón le decía que le diese a Nicole una oportunidad, que le permitiera quedarse para ver si podía confiarle Cranford.

–Ibas a decir algo –murmuró.

–No es nada –dijo ella.

–Te preocupa. Se te nota en la frente –le rozó la arruga entre las cejas. Ella bajó la mirada y se mordió el labio–. ¿Por qué no lo dices? –le sugirió emocionado al verla besar al bebé.

Nicole hizo una profunda inspiración.

–Después de que venga el doctor –dijo–. Ahora no puedo hilar los pensamientos.

–Por supuesto.

Se oyó un crujir a su lado. Josef masticaba una tostada con preocupación.

—No le pasará nada, ¿verdad, papá?

Sin preocuparse por las migas, Blake se sentó al niño en la rodilla y lo abrazó.

—Por supuesto que no le pasará nada. Venga, ¿tienes tus cosas?

—La bolsa de deporte, el dinero para el almuerzo, mi trozo de cuerda, las figuritas de Monsterman, una banana, una barra de chocolate, la piedra de la suerte, una caja de cerillas vacía, un hilo de cuero y las plumas de urraca —respondió Josef en tono solemne.

Nicole le lanzó a Blake una mirada interrogante.

—Mejor, no preguntes —masculló él, levantándose del sofá y llevando al niño con él.

Después de muchos besos y abrazos a todos, por fin Josef se marchó cuando Steve, el médico de la familia, entraba.

—¡Buenos días, Blake! ¿Éste es el paciente? Rubio como un Bellamie, ¿verdad? Buenos días. Soy el doctor Steve Mackenzie. Echemos una mirada a este hombrecito mientras Blake me hace una taza de té, ¿qué os parece?

Al ver el rostro pálido y preocupado de Nicole, Blake deseó poder hacer lo que fuese para que ella no sufriera. ¿Qué le estaba sucediendo? ¿Sería su compasión por sus congéneres mayor de lo que se imaginaba? Quizá sintiese lo mismo por cualquier mujer cuyo bebé estuviese enfermo. Descartó sus dudas al respecto y se concentró en hacerle a Steve una taza de té mientras éste examinaba al pequeño Luc y, delicadamente, bombardeaba a Nicole con una serie de preguntas.

Callado, con el corazón latiéndole a gran velocidad, se contuvo para no gritarle a Steve que se diese prisa por hacer un diagnóstico y le ahorrase angustia a Nicole. Le sirvió el té en un extravagante vaso de Monsterman y se lo puso en una mesita a su lado.

—Bien, Nicole —dijo el doctor finalmente, y Blake se inclinó hacia delante para escuchar el veredicto.

Steve le lanzó a Nicole una sonrisa tranquilizadora y ella se relajó un poquito. Blake deseó abrazarla y protegerla de todos los problemas del mundo. Demonios, se estaba volviendo loco.

–¿Qué es? –exigió, mucho más abruptamente de lo que correspondía.

Steve lo miró sorprendido y se dirigió a Nicole.

–Probablemente nada preocupante...

–¡Oh! *Grâce à Dieu!* –dijo ella con voz ahogada, hundiendo el rostro en el cuerpecillo del niño.

A Blake se le hizo un enorme nudo en la garganta.

–¿No corre peligro? –preguntó roncamente, sintiendo los ojos de Nicole fijos en él. Se dio cuenta de que ella pensaría que ahora la echaría a la calle, y le sonrió para tranquilizarla.

Steve tosió levemente para llamar su atención y ambos dieron un respingo. Blake vio que su amigo se preguntaba qué estaba pasando entre los dos.

–De acuerdo, Steve –dijo con energía–. Di lo que sea.

Con expresión ligeramente divertida, el doctor volvió a mirar a Nicole.

–Estás haciendo lo correcto. Lo estás amamantando, así que eso elimina muchas enfermedades contagiosas porque le pasas los anticuerpos. Supongo que habrá tenido una reacción alérgica, probablemente al cangrejo que comiste anoche... así que no vuelvas a comer marisco, por si acaso.

–¿Ha sido culpa mía? –exclamó ella, horrorizada.

–No te sientas culpable –le aconsejó Steve con una sonrisa–. Has probado su sistema inmunitario y te has dado un susto, nada más. Bastante angustia has pasado ya.

–Tienes razón –murmuró ella–. Creía que me moría.

–Entonces, tómatelo con calma. Las cosas irán a mejor. Mantenlo fresquito. Pasaré más tarde para ver cómo va, pero llámame si tiene fiebre, aunque no creo que eso suceda.

Al oír las instrucciones, Blake sintió que lo recorría una oleada de alivio; y, para ser sincero, de alegría. Nicole tendría que quedarse en la casa. Lo sorprendió la ilusión que le causó la idea.

Steve se despidió con su alegría habitual, quedó con Blake para jugar al tenis a finales de semana, le hizo un guiño totalmente superfluo y se marchó. Blake se acercó a Nicole.

–Son buenas noticias –le dijo, su tono frío contrastando con la alegría que sentía por dentro.

–Sí –se hizo un largo silencio. Ella se quedó mirando con tristeza a Luc, que parecía más tranquilo–. Podría... seguro que podré marcharme esta tarde, en cuando venga el doctor otra vez.

–Me parece que no.

Vio que ella tragaba. Cuando sus enormes ojos de pestañas húmedas se elevaron para mirarlo, a Blake lo invadió una tremenda ternura.

–Pero tú no quieres que me quede –dijo ella en voz baja.

¿Cómo podía responder a aquello? ¿Con la verdad, que quería que ella se quedase pero temía no poder controlarse sin tocarla? ¿Que tenía miedo de dar rienda suelta a la pasión volcánica que estaba acumulando dentro?

–Ven al jardín –le dijo–. Luc está dormido. Traeré el cochecito y te podrás sentar a la sombra del cedro. Puedes decirme lo que me querías decir –hizo una profunda inspiración y decidió darle una oportunidad–. Y yo te puedo explicar por qué quería que te fueses de la casa lo antes posible.

Capítulo 8

EN CUANTO salió al jardín, Nicole sintió una gran serenidad. A pesar de lo imponente del paisaje, se sintió en casa. Muchos de los árboles y las plantas le resultaban familiares y el jardín tenía un diseño que combinaba con inteligencia la formalidad y un caos aparente.

Blake le llevó el cochecito de Luc fuera y luego fue a buscar dos enormes sillones de jardín. Nicole se hundió en los cómodos cojines color crema y miró a su alrededor, embelesada. La vista a través de las aguas tranquilas del gran lago hasta las boscosas colinas quitaba el aliento. Se sintió más calmada con sólo contemplar el paisaje. Por fin, se volvió hacia Blake, agradecida de que él le hubiese dado tiempo para que se tranquilizara.

—¿Qué te parece? —preguntó él, observándola fijamente.

—No había visto nada tan hermoso en mi vida —sonrió con un suspiro.

La sonrisa de Blake fue radiante.

—He pasado años cambiando las austeras y formales avenidas de tejo y boj que le gustaban a mi... padre —confió, su voz llena de orgullo después del extraño aunque breve titubeo.

—¿Tú? —exclamó ella, sorprendida—. Pero éste es el trabajo de alguien con ojo de artista. Y amor y conocimiento de las plantas...

—Cuando uno se hace cargo de un sitio como éste, tiene la enorme responsabilidad de hacerlo prosperar —la miró atentamente, como si fuese importante que ella lo supiese—. Quienes heredan propiedades con historia son sólo administradores. Es tu obligación conservar todo y hacer que la tierra sea rentable. Me preocupé por aprender paisajismo –sonrió–. No sé qué tiene la jardinería. Aunque el tiempo esté malo, me levanta el espíritu –dijo, sorprendiéndola.

Y ella detectó la pasión subyacente que expresó su entusiasmo mucho mejor que sus palabras. Los ojos masculinos, animados y brillantes, recorrieron los coloridos parterres, los arbustos cuajados de flores y las queridas plantas.

–Lo quieres mucho, ¿verdad? –murmuró ella.

–Hasta el último centímetro cuadrado. Es mi creación, parte de mí. Al igual que Cranford –dijo él en voz baja.

–¿Y Josef siente lo mismo?

–Apasionadamente –dijo Blake, frunciendo el ceño–. Me ayuda. Cuando no lo encuentro, sé que estará en el jardín haciendo algo útil. Necesita estar al aire libre, como yo, entregado a alguna actividad física.

–Me pregunto de dónde sacas el tiempo para hacerlo –reflexionó ella.

–No resulta fácil, pero tengo buenos empleados, que llevan años conmigo. Les pago bien y trabajan con esmero. Pero tengo poco tiempo libre. Por supuesto –dijo, y su tono cambió de forma extraña–, crecí sabiendo que la heredaría. Yo seguía a mi... padre por la propiedad más o menos como Josef me sigue a mí –desvió la mirada y, al ver la rígida línea de su mandíbula, ella se preguntó por qué estaría tenso–. Mi hijo se sentiría desolado si tuviese que marcharse.

–Me... me lo imagino –dijo ella sin saber a qué atribuir sus nervios. Exclamó consternada–: No tendrás que vender por motivos económicos, ¿verdad?

Él lanzó una carcajada que sonó extrañamente triste.

–Mi economía está completamente saneada. Teníamos deudas cuando yo me hice cargo, pero ahora la propiedad es rentable porque me atreví a hacer cambios. Además de nuestra granja, están las casas del pueblo, que están alquiladas, la herrería, el taller de cerámica y la imprenta. Todas las tiendas producen souvenirs para los turistas.

–¡Mira qué bien! –murmuró ella, impresionada.

–Y eso no es todo. Tenemos un huerto de árboles frutales. Está la tienda de la granja, ofrecemos licencias para pescar en el lago y en el río, y celebramos recepciones en el antiguo invernadero. Está todo reservado. De hecho –dijo–, esta tarde hay una conferencia allí.

–Oh. ¿Tienes que irte a organizarla? –le preguntó ella, sintiéndose un poco desilusionada ante la idea de perder su compañía.

–Mi ayudante se está ocupando de ello, pero luego iré a ver cómo va todo y por la noche me daré una vuelta, cuando tiren los fuegos artificiales.

Ella se lo quedó mirando, francamente admirada.

–Probablemente has salvado a la propiedad de la quiebra.

–No te diré que no. Estaba en malas condiciones cuando yo tomé las riendas del negocio.

–Qué logro –reflexionó ella–. Me imagino que te sentirás bien al pensar en que lo disfrutarán tus descendientes. Con razón Josef es un niño resuelto. Tiene el futuro asegurado.

Qué reconfortante ser parte de todo aquello. No por la seguridad monetaria, sino por la sensación de pertenencia, de sentirse partícipe de una comunidad. Deseó que su historia personal no estuviese llena de complicaciones y secretos.

–Nada es seguro, nunca –dijo Blake en voz baja.

–¡Pues, con todas esas actividades produciendo beneficios, dudo que algún extraño te arrebate Cranford! –rió ella al pensarlo–. Está claro que nadie lo administraría como tú. Josef y tú sois las personas adecuadas para este sitio.

Se hizo un largo silencio mientras Blake se quedaba con la mirada perdida en la distancia. Nicole le tocó levemente el brazo. Él dio un respingo que la tomó por sorpresa.

—Blake, por favor, somos primos. Quiero que seamos... amigos.

No era verdad. Quería más. Lanzando un profundo suspiro, reunió el coraje para proseguir. Su padre le había enseñado a enfrentarse a sus errores y a ser sincera, aunque ello doliese. Había llegado el momento de que se disculpase por flirtear con él la noche anterior.

—Sé lo que pensaste de mí anoche —dijo, reuniendo valor.

—Lo dudo —dijo él.

—De acuerdo, seré franca —se mordió el labio. Él se lo quería poner difícil. No le gustaba que se le insinuasen mujeres que no le gustaban—. Fue porque te encuentro atractivo. Si te incomodé, perdóname. Nunca me había comportado así —lanzó una risilla—. No tengo experiencia. Mi ex marido, Jean-Paul, fue mi único amante, el único que me había besado hasta que... hasta que...

—Hasta que lo hice yo —volvió la cabeza y sus ojos se detuvieron un momento en la boca femenina.

—Sí. No... no sé lo que me pasó —hizo un esfuerzo para no humedecerse los labios, habría sido una insinuación—. Quizá fueron las emociones del día... no sé, sólo quería que me besases. Fue un impulso del que me arrepiento. Ya que no te intereso, no volverá a suceder.

Blake se volvió a mirarla nuevamente.

—¿No? —preguntó, con el ceño fruncido.

Alargando la mano, le acarició la mejilla, pero seguía frunciendo el ceño y Nicole se preguntó si la estaría poniendo a prueba. A pesar de ello, se estremeció y la sorprendió el poder de su contacto para excitarla. Apretó los dientes y se concentró en lo que quería decir, porque era importante que no hubiese malentendidos.

—Tú dejaste bien claros tus sentimientos, Blake, he captado el mensaje. Quiero que te olvides de lo que pasó —prosiguió con obstinación—. Estoy acostumbrada a expresar lo que siento y reconozco que te habré parecido lanzada y... —recordó una de las palabras que usaba su padre para referirse a celebridades que iban escasas de ropa para mostrar sus atributos en público–. Estuve descarada, lo sé, y te pido disculpas. ¡Perdóname, por favor! –rogó–. Todo iba bien hasta que te enteraste de quién era yo. Y también estuvo divertido durante la cena, después de que Josef rompiese el hielo. Si tú me apartas de tu vida, no me queda otra familia que Luc –se inclinó hacia él con ojos suplicantes–. No puedes darnos la espalda. Estoy segura de que lo de mi padre es un malentendido y que podremos aclararlo –alargó la mano, mirando fijamente aquellos insondables ojos oscuros–. Por el bien de nuestros hijos –rogó.

Blake pensó que era un riesgo que deseaba correr. Su honor y su instinto le decían que le diese a Nicole la oportunidad de probar la inocencia de su padre. Sabía que se reprocharía siempre que ella se marchase sin permitirle descubrir la verdad. Nicole era extraordinariamente digna. Pensó en la forma en que había tratado a Josef y la adoración reflejada en sus ojos cada vez que miraba a su bebé. Había bondad en ella, estaba seguro.

Además, era una Bellamie, y no podía darle la espalda. Reconoció con ironía que su vida había pasado de ser estable y sin incidentes a ser confusa e impredecible. Hasta hacía poco tiempo, había sabido lo que le depararía el destino. Pero desde la aparición de Nicole, su vida había cambiado. Un día la amenazaba, al día siguiente la recibía en su casa con los brazos abiertos.

Era la enfermedad del bebé, por supuesto, lo que lo había forzado a hacerlo. Y mientras Nicole y Luc esperaban bajo su techo, era lógico que hiciese algunas indagaciones sobre Giles, y, de paso, conociese más a Nicole.

Sí. Parecía lo más sensato. No se podía reprochar el haber cambiado de opinión. Y, al darse cuenta de que había capitulado, se le aceleró el pulso, presa de una excitación casi incontenible. Se dio cuenta de que su razonamiento lógico para permitirle quedarse no era nada comparado con el anhelo que sentía por ella. Ardía en deseos de hacerle el amor, poseer aquel cuerpo, tocarla, inspirar su aroma... saciarse de ella hasta calmarse y volver a pensar con claridad.

Nicole, que veía con aprensión la cambiante expresión de su rostro masculino, contuvo el aliento mientras él la miraba fijamente. Luego, para su alegría, Blake le tomó la mano. Una expresión cálida le iluminaba los ojos y ella se sintió inundada de esperanza.

—Prima —dijo él con voz ronca—. ¿Cómo podría resistirme a un ruego tan apasionado?

—Ajá —logró decir ella, abriendo los labios como si intentase recobrar el aliento.

—Creo que deberíamos ser primos... con derecho a beso —susurró él.

Nicole se quedó de piedra. Lentamente, el rostro de él se acercó más y más y ella cerró los ojos. La expectativa fue dulcemente dolorosa.

En cuanto la boca masculina se puso en contacto con la suya, algo se rompió dentro de Nicole. Con un gemido le agarró el rostro, profundizando el beso hasta casi perder el sentido por la fuerza de aquella boca dura y exigente. Blake se la sentó en el regazo y le regó el rostro y el cuello de apasionados besos, haciéndola sentirse deliciosamente atractiva. Los dedos masculinos le rozaron la cálida desnudez de la espalda. Se arqueó hacia él con un leve gemido de placer. Luego, a regañadientes, se apartó y él la soltó.

—Por Luc —explicó, con la respiración entrecortada.

—Por supuesto.

Se deslizó del regazo de él y se sentó, estremecida, en su silla. Sentía que su boca había cobrado vida y no podía dejar de sonreír. Sus ojos radiantes se cruzaron con los de Blake y no supo cómo logró contenerse, porque el deseo que sentía por él era increíblemente poderoso.

—No puedo... mientras Luc...

—Comprendo —susurró Blake, y sus ojos prometieron: «Más tarde».

Nicole sintió que la emoción la recorría de arriba abajo. Más tarde. ¡Más tarde!

Nunca se le habría ocurrido que... Esbozó una lenta y sensual sonrisa y vio cómo él apretaba los dientes y se ponía tenso para no volver a abrazarla. ¡La deseaba! La invadió una incontrolable alegría, esperanza, y la creciente certeza de que su relación sería muy especial. Quizá incluso podía llegar a ser amor. La cabeza le dio vueltas. Desde el principio había percibido la química entre los dos. Un vínculo más apremiante y sólido que el de la sangre. Por eso, la había confundido su rechazo. La atracción era mutua. Se prometió que en el futuro prestaría más atención a sus instintos. La turbó sentir aquella necesidad de tocarlo y, a la vez, la excitó que él sintiese lo mismo, a pesar de que intentaba disimularlo. Deseó volverlo loco, hacerle perder la compostura, lograr que en lo único que pensase fuera en hacer el amor con ella. Le lanzó una inconsciente mirada sensual.

Blake se quedó petrificado al recordar a otras mujeres que creyeron que lo dominarían utilizando el sexo.

–Blake... ¿nos dejarás quedarnos a Luc y a mí un tiempo? –susurró ella–. Me gustaría. Mucho.

Fue un ruego ronco y seductor, justamente después de los apasionados besos y la súbita separación. Un truco que él ya conocía. El cuerpo se le puso rígido.

¿Habría respondido ella a sus besos para conseguir lo que quería? La idea lo descompuso. Le bastaba con su mujer, que había accedido a tener un niño por dinero. El recuerdo de aquellos meses de tensas negociaciones le enfrió el ardor. No le volverían a tomar el pelo. Se negaba a que lo manipulasen otra vez. Nunca más sería víctima de una mujer.

Nicole se dio cuenta de que lo había perdido, a pesar de que, físicamente, él no se había apartado de ella. Aquellos ojos, ardientes de pasión unos segundos antes, se habían velado.

Estaban nuevamente en punto muerto.

–No confías en mí, ¿verdad? –espetó, consternada–.

Piensas que manipularía a Josef, que me aprovecharía de la gente de aquí...

–No lo sé –murmuró él, pasándose la mano por el alborotado pelo–. Si te soy sincero, no estoy seguro de tus motivos para flirtear conmigo...

–¿¿Mis motivos?? –se enfadó ella–. ¿Qué motivos? ¡Yo actúo como soy! ¿No se te ocurre pensar que me comporto así porque me gustas? –añadió indignada.

–Podrías estar utilizando el sexo para hacerme cambiar de opinión –dijo él, encogiéndose de hombros.

–¿Ése es el tipo de mujer al que estás acostumbrado? ¿Una mujer que utiliza sus encantos para negociar? –preguntó ella, horrorizada.

–Supongo que sí –dijo él con una seca carcajada.

–¡Me das pena! Pero hay también mujeres sin... –buscó la palabra infructuosamente–. *L'astuce*.

–Astucia.

–Eso –dijo ella, pensando en preguntarle luego por qué hablaba francés tan bien–. Y las mujeres que son así, como yo, disfrutamos del sexo por lo que es, no por lo que nos puede dar.

–De veras –dijo él, con voz entrecortada.

–Si lo que dices fuese cierto –dijo ella con un suspiro–, me comportaría de forma recatada y me vestiría de forma más discreta, para esconder que he sido educada en una casa de mala reputación por un padre libertino.

–Entonces... –murmuró él, lanzándole una mirada de enfado y rozándole el vientre, que llevaba al descubierto, y haciéndole dar un respingo–. ¿Por qué haces exactamente lo contrario?

–¡Porque no tengo nada que ocultar! ¡Me visto así siempre! –decidió arriesgarse–: Y, en lo que te concierne a ti y solamente a ti, no puedo controlarme.

Por la mirada que él le dirigió, Nicole se dio cuenta de que él quería besarla, que su honestidad lo había afectado. «Tómame en tus brazos», le rogó silenciosamente. «Confía en mí».

Lo miró debatirse y sus labios se entreabrieron anhelantes. Cuando él apartó la mirada de ellos con esfuerzo y se recostó en la silla, sintió que la recorría un ramalazo de desilusión.

–Tengo que mantenerme objetivo –masculló él–. No puedo hacer lo que me venga en gana –y añadió para sí: «Hay demasiado en juego».

–No veo el problema –replicó ella–. Nos sentimos atraídos. Ambos somos libres.

–Yo quiero permanecer libre –gruñó él.

–¡No es mi intención convertirme en una esposa criticona por el mero hecho de que hagamos el amor! Es muy sencillo, Blake. Nos deseamos mutuamente. ¿Qué tiene eso de raro?

–¿Siempre eres así de sincera sobre tus sentimientos? –le preguntó él. Su intención era mostrar una distante curiosidad, pero la voz le tembló.

Al menos, pensó Nicole, tenía los mismos deseos, aunque se le diese mejor controlarlos.

–Con respecto al deseo, no. Nunca había sentido esto antes. Ya sé que se supone que las mujeres no somos... lanzadas, pero ¿qué pretendes que haga? ¿Que simule ser esquiva y difícil de conquistar? No soy así. Todos dicen que soy demasiado sincera. No creo en esconder mis emociones, a menos que lo que diga o haga pueda hacer daño a alguien –dijo ella en voz baja–. Mis amigos me dicen que soy ingenua, que no sé disimular –sonrió al ver que él se había tranquilizado y que su expresión de desconfianza había desaparecido–. Quizá por eso me siento identificada con Josef. Su sinceridad da gusto, ¿no?

–Desde luego –gruñó él.

–Pero tú no lo corriges para convertirlo en un robot social, ¿no?

–No –dijo él, cortante–. Bastante de eso tuve en mi propia infancia. Prefiero enseñarle a ser amable y considerado y a ponerse en el sitio de los demás.

–Entonces, tenemos la misma forma de pensar. Mi

padre me enseñó a decir la verdad y a no jugar, particularmente con los hombres.

–Entonces, no dices mentiras –dijo él, frotándose la barbilla oscurecida por la barba.

–¡Se me da muy mal mentir! ¡Es demasiado complicado hacerlo! –dijo ella, apasionadamente–. Tienes que recordar las mentiras que has dicho. Es muchísimo más fácil decir la verdad.

–Y tu marido –dijo Blake, dirigiéndole una mirada inquisitiva–, ¿apreciaba tu sinceridad?

–Ése fue el problema –suspiró ella.

–¿Te gustaría hablarme de ello?

–Si sirve de algo...

–Posiblemente.

–De acuerdo –dijo ella, colocándose el pelo tras la oreja con una expresión triste y reflexiva–. Quería que yo siguiese siempre igual y que nunca me quedase embarazada, porque eso haría que de esposa pasase a ser a madre.

–Quería que tu cuerpo no cambiase. Sexy e inalterado por los estragos de la maternidad –dijo Blake en voz baja.

–¡Sí! –exclamó ella, asombrada–. ¿Cómo lo sabías?

–Mi ex mujer estaba preocupada por su figura –dijo él con expresión amarga.

–Pero... –dijo Nicole–, eligió ser madre–. Tuvo a Josef...

–Sólo porque yo le prometí una buena porción de mi fortuna –murmuró él.

–¡Qué horror!

–Nunca tendría que haber accedido a su descarado chantaje. Pero intentaba salvar el matrimonio. Pensé que cuando Josef naciese ella sería diferente, que amaría a su hijo y se alegraría de su maternidad.

–Pero no fue así –dijo Nicole comprensivamente.

–Ni lo quiso ver –contestó él con la mirada tormentosa–. Y nunca la perdoné por abandonar a su propia sangre. Se quedó porque le gustaba ser la señora de la casa, pero hasta de eso se cansó. Y sabía que nadie en

Great Aston la quería porque había rechazado a Josef. Así es que, al ver que no me podía sacar nada, se marchó cuando él tenía casi tres años.

–¿Sabes si es feliz con su chófer?

–No tengo ni idea. Ni siquiera le manda felicitaciones de Navidad a Josef.

Nicole se lo quedó mirando, estupefacta.

–No lo comprendo –dijo lentamente.

Blake se volvió a encoger de hombros.

–Alguna gente piensa solamente en sí misma, en sus propios deseos. Sus vidas están dedicadas a darse placeres y son incapaces de sentir generosidad y sacrificarse por los demás.

–¡Qué pena que hayas tenido que pasar por ello!

–Fue culpa mía. Ya me habían advertido que mi dinero y mi posición atraerían a la mujer equivocada.

–Pero la amabas –dijo ella, comprensiva.

–Creo que no –la sorprendió él–. Era hermosa, divertida y le caía bien a la gente. Yo tomé eso, equivocadamente, por bondad. No es mala, Nicole, sólo demasiado inmadura como para pensar en los demás.

–Comprendo por qué desconfías de mí –suspiró ella–. Será difícil confiar en alguien después de una experiencia así. Supongo lo que habrá supuesto para ti tener que enfrentarte a una manipuladora. Pero tienes que arriesgarte a confiar en la gente, Blake, o durante toda la vida te perderás todas las amistades sinceras y buenas que podrías tener.

–Prefiero eso a que me hagan daño nuevamente –dijo él, negando con la cabeza.

–¡Yo preferiría que me hiciesen daño a vivir como un ermitaño sin nadie a quien amar, nadie a quien entregarle mi corazón! –exclamó ella.

–Volvamos a tu matrimonio –dijo él, con el rostro demudado–. Está claro que te quedaste embarazada y que a tu marido no le gustó la situación.

–Mucho peor. Estaba furioso –confesó ella–. Luc no fue planeado, ¿te das cuenta?

–¿No lo querías? –exclamó él, incrédulo.

–¡Oh, claro que sí! –respondió ella, estrechando las manos en un expresivo gesto–. ¡Me moría por tener un bebé! Me sentí feliz cuando me enteré de que estaba embarazada, que mi vida estaba completa –sonrió con cariño mirando un rato al bebé dormido y luego el rostro se le ensombreció nuevamente–. Me temo que Jean-Paul nunca me perdonó. Venía tarde a casa con frecuencia. Yo le dije claramente que eso no me gustaba. Mis amigas me sugirieron que lo atrajese con cenas íntimas y vestidos escotados –se encogió de hombros–. Yo sentía que si me amaba querría cuidarme y estar conmigo.

–Un hombre maduro hubiese aceptado los cambios en vuestra vida –observó Blake con desprecio.

–Exacto. Él fue egoísta y no me quería lo suficiente. Y, como yo, en el fondo de mi corazón, lo sabía, no estaba dispuesta a hacer toda la pantomima para seducirlo.

–Seguramente tuvo una aventura –dijo Blake. Su mirada era penetrante, inquisitiva.

Nicole frunció la nariz, disgustada.

–¡En nuestra casa, nuestra cama, bajo mi nariz y con mi mejor amiga!

–¡Hay pocas cosas peores que eso! –comentó él secamente.

–Oh, no te creas. ¡Peor es cuando lo has pillado una vez, lo has perdonado y lo encuentras con tu amiga en tu propia cama por segunda vez! –masculló.

Blake hizo una mueca y lanzó una imprecación.

–Sí –dijo ella con amargura–, era eso y mucho más. Después del divorcio desapareció. Ni siquiera sabe si he tenido un niño o una niña.

Blake volvió a lanzar una palabrota.

–Entonces, ¿no has tenido a nadie que te apoyase?

–Oh, sí. Mi padre, primero...

–Un momento –dijo él, frunciendo el ceño–. Luc tiene siete semanas. ¿Tu padre ha vivido hasta hace poco?

Nicole tardó un momento en responder, con los ojos velados por la tristeza.

–Desde luego. Querido papá... –dijo, hablando casi para sí–. Le causó ilusión ser abuelo. Se sentaba junto a Luc y lo contemplaba como si fuese lo más valioso del mundo. A veces se le caían las lágrimas de la emoción. Yo me acercaba y lo abrazaba, diciéndole que se estaba poniendo senil... y él se reía y me abrazaba fuerte y decía que era feliz por primera vez desde su juventud. Aquello me afectó mucho. No tenía ni idea de que él nunca fuese feliz con mi madre.

–¿Cuándo murió exactamente? –murmuró Blake con ternura.

–Hace un poco más de tres semanas –susurró con voz trémula. El dolor se le reflejaba en los ojos y le dibujaba una mueca de tristeza en el rostro.

Él la miró, estupefacto. Le tomó las manos con dulzura y su rostro demostró compasión. Su sinceridad hizo que a Nicole se le llenasen los ojos de lágrimas.

–No sabes cuánto lo siento. Te he tratado con dureza, y tú lo habías pasado mal –le dijo con voz ronca. Le levantó las manos y le depositó un beso tierno y apasionado en cada una.

–Lo quería mucho –dijo ella, conteniendo las lágrimas–. Lo echo de menos.

Blake la estrechó con más fuerza, pero no hizo ningún comentario. Le acarició suavemente el dorso de la mano con el pulgar. Nicole tuvo la certeza de que no se quedaría tranquila hasta que Blake honrase la memoria de su padre.

–Y ahora, ¿cómo te has arreglas? –le preguntó en voz baja.

–Papá había vendido un par de pinturas y el comprador fue muy amable y me pagó el dinero directamente a mí. Heredé la casa, así que tengo un hogar, y cuando los testamentarios acaben su trabajo, dispondré de los ahorros de mi padre también. Puedo ganarme la vida aunque Luc sea pequeño, porque podré reparar y restaurar cerámica en casa mientras él duerma. Tengo suerte, de veras. Más suerte que muchas otras.

–Ya has planeado todo –dijo él, con el ceño fruncido.

–He de que pensar en el futuro de Luc.

–¿Eres feliz donde vives, en Francia?

¿Por qué se lo preguntaría, qué le importaría a él? Quizá lo hiciese por pura cortesía

–Era muy feliz –dijo con sinceridad–. Pero la muerte de mi padre lo ha cambiado todo. Y me temo que, ahora que estoy divorciada, mis amigos varones creen que soy una presa fácil y mis amigas me tienen miedo.

–No las culpo –dijo él secamente.

–¡Pero nunca pondría en peligro sus relaciones! –protestó.

–No podrías evitarlo.

–¡No! ¡Yo no soy así! –insistió–. ¡No me dedico a destruir hogares!

–Nicole. Eres sexy y estás sola, algo que los hombres encuentran irresistible.

Ella lanzó un suspiro de exasperación. Era un exagerado. Pero había algo de verdad en ello.

–Tendré que afeitarme la cabeza y llevar ropa vieja –dijo abatida.

–Sería un desperdicio –afirmó Blake.

–Quizá mi situación despierte los instintos caballerosos de los hombres. Quieren consolarme.

–Quizá –dijo él–. Está claro que has sufrido mucho los últimos meses.

–Y, encima, ahora tengo otra preocupación más: la reputación de mi padre –señaló ella suavemente.

En el silencio que se hizo, Nicole se dio cuenta de que Blake estaba tomando una decisión con respecto a ella. Se quedó callada mientras él lo hacía, esperando convencerlo de su honestidad, que no defendía a un monstruo.

–Creo –dijo él finalmente–, que quizá seas sincera...

Aquello le produjo a Nicole tal alegría que no pudo evitar un impulso malicioso.

–Que no soy ni una prostituta ni una drogadicta, ni...

–Nicole –la interrumpió él–, sé que te pareceré cauto, pero me han enseñado toda la vida a velar por los intereses de Cranford y de los Bellamie –su gesto de preocupación se intensificó–. Quien herede esta propiedad tendrá que poner Cranford por encima de sus propios deseos. Por eso lleva quinientos años en manos de la familia. Tenemos tradiciones que respetamos, como la de hablar el francés perfectamente, porque nuestros ancestros provenían del otro lado del Canal.

–Comprendo –dijo ella, contrita–. Has aprendido a sopesar cuidadosamente tus decisiones. ¡Pero estás sacando las cosas de quicio! ¡Yo no soy una amenaza para Cranford!

–De acuerdo. Piensas que estoy exagerando. No sabes los problemas que conlleva...

–Dímelo, entonces –apuntó ella.

–No puedo. Algún día, quizá. Pero por ahora, necesitamos conocer la evidencia en contra de tu padre. Si te quedas durante un tiempo...

–¿Sí? –preguntó ella con los ojos llenos de esperanza.

–Estoy corriendo un riesgo. Hay que ser prudente con la verdad.

–¿Quieres que mienta? –aquello sí que era inesperado.

–No exactamente. Déjame explicarte. Parece que el destino nos ha reunido y ha decretado que compartamos la misma casa durante un tiempo, hasta asegurarnos de que Luc pueda viajar.

–¡Y de ese modo me conocerás! –exclamó ella, entusiasmada–. Verás que soy un libro abierto...

–Parte del cual... –advirtió él–, tiene que permanecer cerrado.

–¿A qué te refieres? –preguntó ella, intrigada.

–Nicole, no puedo permitirte que te quedes en esta casa a menos que aceptes mantener en secreto que somos primos. De lo contrario, me veré obligado a insistir en que Luc y tú os marchéis a un casa hotel hasta que él esté bien como para emprender el viaje.

¡Ella no quería eso! Quería estar con Blake, conocerlo mejor, hacerse un ovillo en sus brazos... Las cejas masculinas se arquearon en silencioso ruego.

—No lo sé —dijo, volviendo a la realidad—, sería aceptar que te avergüenzas de mí.

—No es eso, Nicole.

—Entonces, ¿qué es? —exigió con impaciencia.

—Es complicado. Sabes que tengo a mi madre enferma.

—Sí —dijo, comprensiva—, Josef me lo ha dicho. Será una preocupación terrible para ti que esté grave. Recuerdo la sensación perfectamente.

—He tenido que aceptarlo. No hay nada que pueda hacer. Para ser honesto —añadió con voz terriblemente tensa—, se está muriendo.

—¡Qué espanto! —exclamó. Le había llegado el turno de consolarlo a él ahora, de acariciarle las manos fuertes y poderosas—. ¿Estáis muy unidos?

—Ella sacrificó mucho por mí —dijo él en voz baja, con los ojos velados.

—Qué terrible llevar la carga de esa culpa —dijo Nicole, incapaz de esconder su desaprobación—. Los sacrificios tendrían que hacerse por propia voluntad. Y nunca habría que decírselo a nadie.

—Tienes razón. Y así fue. En realidad, me enteré de ello hace poco tiempo, se vio obligada a decírmelo. Me quiere mucho, Nicole. Y yo la quiero a ella.

—Qué mal lo estarás pasando. Sé como te sientes. ¡Es terrible perder a un padre! —declaró ella apasionadamente.

—Sí. Y tú comprenderás por qué no quería que vinieses, por qué tu llegada me afectó así. Ella está muy débil, quiero que sus últimos días sean felices...

—Por supuesto, pero ¿cómo puedo yo...?

—Porque eres la hija de Giles. Y se pondría como un basilisco si se enterase de que estás en la casa.

–Ella fue quien te lo dijo, ¿no? –exclamó Nicole tristemente– Quien te dijo todas aquellas mentiras.

–Estaba segura de lo que decía –la defendió él–. Se puso frenética cuando me lo relató. Yo no sabía nada de Giles hasta aquel momento. Nunca nadie había hablado de él, ni mencionado su nombre. No hay ni fotos ni retratos suyos. ¿No crees que eso indica que algo desastroso habrá sucedido? Los Bellamie estamos muy unidos, pero él ha sido eliminado del árbol genealógico.

Blake amaba a su madre y era lógico que creyese en ella, pensó Nicole impotente. De no conocer a su padre tan bien, hasta ella habría creído en las historias.

–Perdona –dijo con firmeza–, ¡pero está equivocada, Blake! ¡Completamente equivocada!

Él hizo una profunda inspiración.

–Estamos dando vueltas en círculos. No elaboraré un juicio hasta que esté completamente seguro de lo uno o de lo otro. Así que olvidémonos por un momento de si ella está equivocada o no. El tema es que lo único que mi madre tiene que saber es que eres una amiga mía. Cualquier otra cosa sólo aceleraría su muerte y haría que no muriese en paz –su voz se endureció, se hizo más decidida–. Y me niego a que eso suceda, ¿está claro?

Nicole admiró la lealtad de Blake hacia su madre, aunque ésta estuviese equivocada.

–Clarísimo. Es lógico que quieras proteger a tu madre en estas circunstancias. ¡Yo tampoco querría alterarla! –exclamó con vehemencia.

–¿Estás de acuerdo, entonces?

–Totalmente –dijo–. Soy una amiga que está de visita por un tiempo. Nadie más sabe que existe el parentesco.

Haría cualquier cosa por el futuro que quería tener con él. Se sintió ilusionada. Estaba segura de que lograría desmentir aquellas historias sobre su padre. Y después, Blake y ella serían libres de para dar rienda suelta a sus verdaderos sentimientos. Sonrió.

–Confía en mí –prosiguió, hundiendo su mirada en

los profundos ojos negros–. Por el bien de tu madre, puedo mantenerme callada sobre nuestro parentesco hasta que tú quieras desvelarlo.

Él le besó las puntas de los dedos.

–Gracias –murmuró con alivio sincero. Luego, mirándola a los ojos, esbozó una sonrisa torcida–. Demonios, espero estar haciendo lo más sensato.

–¡Desde luego que sí! –exclamó Nicole, feliz–. Resolveremos el misterio y nos convertiremos en primos de verdad. Josef y Luc se conocerán mejor. Quizá podáis visitarnos en el verano. Será maravilloso, Blake, saber que tengo raíces, saber que tengo una familia.

Fue como si a él le hubiese quitado un enorme peso de encima. Inclinándose hacia delante, la besó suavemente en los labios.

–De momento, tienes el beneficio de la duda... prima con derecho a beso.

–No te arrepentirás de ello –le prometió ella, con los ojos radiantes.

–Espero que no. Y ahora –declaró, poniéndose de pie de un salto–, tengo cosas que hacer. ¡Para empezar, darme una ducha y afeitarme! –sonrió, con un repentino aspecto despreocupado–. Instálate como si ésta fuese tu casa. La señora Carter comienza a trabajar a las once, aunque Maisie estará por allí, haciendo la limpieza, por si necesitas algo. Ya sabes dónde está la cocina. Haz una lista de la compra que necesites y ya te la harán. La comida se sirve a la una. Nos vemos entonces. Y, si te preocupa Luc y quieres hablar conmigo, díselo a alguien y me llamarán al móvil, ¿de acuerdo?

Nicole asintió con la cabeza. Su suave sonrisa era una inconsciente invitación. Él titubeó, y luego inclinó la cabeza para darle un profundo beso.

–Hasta luego –murmuró, su aliento cálido contra los dulces labios femeninos. Y se marchó a largas zancadas hacia la casa.

Capítulo 9

LA MAÑANA fue muy descansada. Nicole se pudo divertir, liberada de los temores de que Luc estuviese gravemente enfermo y de que Blake la echase de la casa antes de que pudiese acabar con su misión.

Él investigaría los rumores sobre su padre. Eso era un avance. Y también lo era que reconociese que existía una extraordinaria química entre los dos, pensó, ilusionada. De repente, todo eran buenas perspectivas. Suspiró, contenta.

Jugó con Luc, lo amamantó y luego lo cambió. Se hizo un té y se sirvió unas galletas de un gran tarro de la cocina, y después charló amigablemente con la señora Carter, que lo único que decía de Blake eran alabanzas.

Disimulando su alegría, Nicole escuchó con ansia las anécdotas de lo santo que Blake había sido desde la infancia. Y también pudo deducir que Tania, la mujer de Blake, había sido muy hermosa y terriblemente consentida. Tal como él le había dicho, estaba claro que no la querían demasiado en el pueblo.

—Ahora... —dijo la señora Carter, afanándose en hacer un pastel de melocotones envasados en casa—, que el bebé está mucho mejor y casi se le ha ido la urticaria, ¿por qué no da un paseo mientras él duerme? Hace tan bueno... Lo podemos poner a la sombra de las glicinias de la puerta de la cocina, donde yo lo pueda vigilar. Usted tiene aspecto de necesitar un descanso y el sol le hará bien.

—Me gustaría —dijo ella, poniendo reparos—, pero...

—Nada de «peros» —dos regordetas manos la empujaron hacia las puertas abiertas–. Tiene una hora antes de la comida. Ha estado pendiente de él todo el tiempo y nadie puede dudar de su dedicación como madre –dijo con aprobación la señora Carter–, pero usted también tiene sus necesidades. Se sentirá mejor después de pasear por el parque un rato. El señor Blake siempre lo hace. Le gusta tener libertad.

–¿De veras? –dijo, ávida de anécdotas sobre él. Sabía lo que significaba aquel ansia.

–Siempre le ha gustado. Cuando llovía y tenía que pasarse dentro muchos días, se escapaba y volvía horas más tarde, mojado hasta los huesos y lleno de barro, pero feliz. No puede estar encerrado mucho tiempo. Lo que lo hace más feliz es montar a caballo o trabajar en el jardín, simulando que es libre como un pájaro, aunque lleve sobre sus hombros el peso de administrar este sitio.

–¿Era... –titubeó, remiendo parecer que fisgoneaba, pero la señora Carter la alentó con una sonrisa, así que prosiguió–... era como su padre, o... su tío?

–¿Como su padre? ¡Qué va! –dijo la cocinera lanzando un bufido–. No está bien hablar mal de los muertos, pero el señor Darcy casi llevó a Cranford a la bancarrota. El señor Giles, sin embargo, era un muchacho amable. Era educado conmigo... y yo era una jovencita que sólo limpiaba en aquella época.

–Pero el señor Giles se marchó –dijo Nicole, contenta de oír a alguien hablar bien de su padre por fin.

–Hubo algún problema –la señora Carter apretó la boca de golpe–. No diré nada más. Cuestiones de la familia, no mías. Venga, a dar ese paseo.

Nicole lanzó una carcajada. Se dio cuenta de que la mujer no hablaría más. En otra ocasión.

–¡Es un ángel! –le dijo, besando al bebé la mejilla, roja como una manzana–. Gracias. Volveré para ayudarla con la comida.

–¡Qué dice! –exclamó la cocinera, horrorizada–. ¡Que me quedaré sin trabajo! Venga, márchese de una vez –gruñó de forma poco convincente.

Riendo, Nicole simuló irse asustada y luego se dio la vuelta y saludó con la mano a la sonriente señora Carter. ¡Cómo le gustaba estar allí!

Paseó por los jardines, feliz, admirando la disposición de las plantas y deseando dibujar el paisaje en cuanto tuviese un minuto libre.

Al cruzar una puerta de hierro forjado en una antigua pared de ladrillo, se halló en el patio de las caballerizas. En un potrero cercano pastaban varios caballos, pero los irritados resoplidos y relinchos que provenían de la cuadra indicaban que un box todavía estaba habitado.

—¡Hola! —saludó a la figura alta y enérgica que reconoció como Susie.

—¡Hola! —dijo ésta, corriendo hacia ella con expresión ansiosa—. ¿Cómo está tu bebé?

—Mucho mejor, gracias —contestó Nicole, emocionada por el genuino interés de Susie—. *Mon Dieu!* —exclamó, dando un respingo al oír los cascos del caballo golpeando la puerta del box.

—Es Midnight —explicó Susie con una carcajada—. El semental de Blake, quejándose porque no lo han sacado desde la madrugada. Es un demonio. Blake es el único que puede con él. Así que él se ocupa de sacarlo al campo, porque da mucho trabajo. Blake es un genio con los caballos, puede hacer lo que quiera con ellos. Lo único que faltaría es que se echasen en el suelo para que les rascase la tripa, como si fuesen perros. Ah, ahí viene.

Nicole escuchó atentamente con la cabeza de lado, pero no pudo oír nada.

—¡Qué increíble! ¡Debes de tener los oídos de un murciélago!

—Yo no, los caballos. ¡Mira!

En el potrero, todos los caballos habían levantado la cabeza y a la distancia se veía que tenían las orejas enhiestas. Nicole sintió el resoplar del caballo de Blake y los impacientes movimientos de su cabeza detrás de ella mientras esperaba que llegase su amo.

Lo vio acercarse a caballo. Contuvo el aliento cuando él llegó a la valla del potrero, pero su montura la saltó limpiamente. Los caballos relincharon su bienvenida, acercándose a él al galope.

–Me gustaría poseer ese poder –dijo Susie con envidia–. Tiene una afinidad con todos los animales. Pájaros heridos, zorros y tejones lastimados, de todo. Ha curado infinidad de víctimas de la carretera. Josef también disfruta de ese don. No teme a los animales y creo que ellos se dan cuenta de su amor.

–En Francia –reflexionó Nicole, fascinada por la comunicación que Blake tenía con los caballos–, diríamos de alguien así que tiene sangre gitana.

–¡Quién sabe! –sonrió Susie–. Quizá tenga un poco de sangre gitana. Eso explicaría el color de su piel, ¿no?

–¡Los Bellamie se horrorizarían si te oyesen decir algo así!

Al rato, Blake se apartó de los caballos y se dirigió a la puerta que daba al patio. Allí se inclinó a abrirla y desmontó ágilmente al llegar. Al ver a Nicole, su rostro reflejó placer.

–¡Hola! –saludó con alegría mientras le quitaba la montura al caballo. Midnight coceó la puerta para recordarle su presencia y Blake rió, sus blancos dientes resaltándole en el rostro moreno.

«Sí», pensó Nicole al ver algo diferente en aquellos brillantes ojos negros y los alocados rizos, «es verdad que puede haber tenido un ancestro rumano». Aunque aquello no podía ser cierto, porque había heredado Cranford. Seguro que había habido alguna esposa mediterránea en la familia Bellamie hacía mucho tiempo, decidió, pensando en que era interesante cómo podía surgir un gen dominante, a pesar del paso de los siglos.

Quizá por eso encontraba fascinante a Blake. Era un ejemplo de contrastes... Volvió a dar un respingo cuando la puerta recibió una andanada de furiosas coces.

–Yo me encargaré de Flouncy –dijo Susie, quitándole las riendas del caballo a Blake–. Así te puedes ocupar de ese bruto.

–Me alegro de verte aquí –le dijo Blake a Nicole en voz baja, haciendo caso omiso del animal que resoplaba e intentaba tirar abajo la puerta de madera.

Nicole sintió que se le aceleraba el corazón al verlo. El sudor le perlaba la frente, los ojos le brillaban, el rostro irradiaba salud. Estaba muy sexy con la prístina camisa blanca, los ajustados pantalones de montar y las botas altas.

–Imagino que Luc estará mejor; si no, no estarías aquí –dijo él, al ver que ella no hablaba.

–Mucho mejor –contestó Nicole ahogadamente–. Casi se le ha ido la urticaria.

Durante un momento, su radiante rostro hizo que Blake se detuviese.

–¡No sabes cuánto me alegro! –exclamó, sonriéndole embobado.

Susie le arrojó una toalla y él se secó el sudor del rostro y de las manos. Al menos aquello le daba algo que hacer, aunque hubiese preferido agarrar a Nicole y besarla hasta hacerle perder el sentido. En vez de ayudarlo a desfogarse, la cabalgada había intensificado su deseo. La deseaba con una pasión arrolladora. Estaba metiéndose en un terreno peligroso, le dijo su remilgado sentido común. ¿Por qué no?, dijeron todos los demás.

Antes, le había dado un ultimátum: que se marchase de sus tierras para no volver, avergonzado por el deseo que sentía por una mujer que podría ser una prostituta.

Pero sus sentimientos habían cambiado. Ahora creía que ella era buena e ignoraba el efecto que ejercía sobre los hombres. Su viejo amigo, el sentido común, le había dicho que se apartase de ella, pero su instinto se había rebelado. Y sabía que no podía mandarla a su casa así como así. Tenía que conocerla mejor. Y enterarse de qué había pasado con su padre.

Lo había turbado lo feliz que se había sentido con

aquella decisión. Había sido como abrir una puerta para que entrase la luz. Sentía que esta vez sí que estaba haciendo lo correcto. Su preocupada conciencia podría descansar.

Sin embargo, todavía no tenía intención de decirle que era un bastardo. Si resultaba que ella era la hija de un granuja, si había heredado algunos de los rasgos desagradables de su padre, la echaría con viento fresco sin arriesgar la propiedad y todos quienes dependían de ella.

Sin embargo, si Nicole estaba libre de sospecha... Dejó la toalla con deliberación. Entonces, no sabría qué hacer. ¿Marcharse de Cranford? ¡Josef se moriría!

—¡Blake —lo llamó Susie—, deja ya de mirar esa toalla sucia y ven a ocuparte de tu caballo!

—Perdona, pensaba en otra cosa —dijo. Levantó la vista hacia Nicole, que parecía mirarlo con cierta curiosidad—. Enseguida vuelvo —le dijo con fingida jovialidad. Sin hacer caso de las coces que daba el malhumorado semental, quitó el pasador de la puerta del box.

—No sé demasiado de caballos —dijo Nicole nerviosamente, retrocediendo.

—Será mejor que te alejes de éste —le advirtió él a gritos, por encima del hombro.

Como era habitual, Midnight salió de sopetón, todo músculo negro y cascos que se agitaban. Blake intentó sujetar la brida y no perder el equilibrio al mismo tiempo. Como siempre, la belleza del animal lo sobrecogió y se sintió privilegiado de que aquel soberbio ser lo considerara su amigo y confiase en él.

—Despacio, despacio —lo tranquilizó, acariciándolo con un ritmo hipnótico. Hubo un sacudir de la poderosa cabeza, un resoplido, y Midnight se entregó—. Ya lo sé —le susurró, hundiéndole la nariz en el morro y olisqueándolo—. Odias estar encerrado. Yo también. Pero necesitabas un buen descanso después de la larga cabalgada de anoche. Ven.

Llevó a Midnight, ya más dócil, hasta el potrero, y

allí lo dejó libre. Cuando vio que la puerta se hallaba firmemente cerrada, Nicole se acercó.

–Es fabuloso –maravillada, miró a Midnight cocear y trotar alrededor del potrero, rebosante de alegría de vivir.

–Un purasangre árabe. Un gusto que me he dado –dijo él, siguiendo con la vista el prodigioso movimiento de los músculos bajo la brillante piel. El regocijo del animal levantaba el ánimo, le llegaba muy dentro. Él también podía liberarse. Podía correr libre si quería. Se podría arrancar las restricciones que lo habían ahogado durante años y seguir sus impulsos, como Nicole.

Le lanzó una mirada de soslayo. Con los ojos fijos en Midnight, que galopaba, ella levantó la mano con un elegante movimiento y se puso un mechón de pelo detrás de la pequeña oreja. Tenía el rostro levantado, y el sol le iluminaba los altos pómulos y las sugerentes curvas de sus pechos.

Blake apretó los dientes y se dio la vuelta para contener su deseo. Estaba acalorado y sudoroso. Aquél no era el momento. Enfadado, miró a Midnight, envidiándole la libertad que él se negaba a sí mismo. Hizo una profunda inspiración. ¡Al infierno con la represión! Sabía lo que quería. Y lo quería ahora.

–Ven.

Sin esperar a que ella asintiera, la tomó de la mano y la llevó hasta el pajar.

–¿Qué...? –ella vio las balas de perfumado heno y comprendió–. ¿Qué es lo que desea el señorito Blake? –preguntó, imitando a una aldeana de película.

–A ti –gruñó él con impaciencia.

–Me alegro –dijo ella con voz ahogada y abrió los brazos.

Blake la abrazó con violencia y la besó ferozmente. Luego la empujó sobre el heno, donde cayeron los dos, y sintió que la sangre le corría por las venas cuando se echó sobre ella, besándola y gimiendo de pasión.

Y Nicole le susurró palabras al oído, le dijo lo que le

gustaba, lo que quería, evitó que se reprimiese. Necesitaba que la pasión masculina igualase a la suya.

Blake sintió que la cabeza le daba vueltas. No podía pensar, no conseguía que su cuerpo lo obedeciera. Aquello era hacer el amor de verdad en vez de realizar unos movimientos estudiados. Era la armonía pura y perfecta de dos cuerpos que se daban el mayor placer con las manos, los labios y lo dientes.

La suavidad de la piel de Nicole lo dejó sin aliento. Cuando le rozó el vientre con los labios le pareció que tenía el tacto del satén. Sin saber cómo, ella estaba desnuda y él no tenía la camisa puesta, de modo que se hallaban piel contra piel y Blake pudo sentir el tronar de su corazón, junto a los latidos de Nicole.

Su sabor era dulce, no podía apartarse de su boca, ni siquiera cuando ella le rodeó la cintura con las piernas y su calor hizo que lanzase un alarido de deseo. Los dedos femeninos desabrocharon hábilmente sus pantalones de montar, y sintió las caricias de Nicole en los duros músculos de sus nalgas.

Era hermosa, increíble, maravillosa.

—Nicole —le dijo, con un nudo en la garganta, asombrado por el poder que tenían sus emociones.

Ella le rozó con la puntita de la lengua la comisura de la boca. Un enorme estremecimiento lo recorrió, y luego otro cuando ella deslizó su mano entre los dos y lo tocó.

—Yo... yo... no puedo...

Con los ojos cerrados, él había llegado al orgasmo. Cálido, líquido, bienvenido. Y luego aceptó su libertad, eufórico de repente, entregándose a Nicole, sólo consciente del movimiento maravillosamente liberador de sus cuerpos al unirse y del gozo incontenible que le inundó cada célula, cada centímetro cuadrado del cuerpo.

Nicole se estremeció cuando una serie exquisita de espasmos recompensaron su cuerpo. Blake la miró, con los ojos llenos de lágrimas y, en aquel momento, Nicole sintió que se enamoraba profundamente de él. Leyó su corazón en aquellos anhelantes ojos llenos de amor y supo que permanecería ligada a Blake durante el resto de su vida. Pasase lo que pasase.

–¡Oh, cariño! –susurró él, acariciándole el rostro con ternura–. Lo siento. Fui demasiado...

Nicole le puso los dedos en los labios. Jadeante de agotamiento, sin fuerzas tras la pasión saciada, esbozó su radiante sonrisa.

–Fue perfecto. Ardiente, duro, furioso. Pura pasión. Maravilloso –jadeó.

Suavemente, Blake inclinó la cabeza y los rizos negros le cayeron sobre la frente. Nicole recordó al semental: impaciente, furioso y frustrado... y luego lleno de gozo al estar libre. Hombre y caballo compartían la misma magia, la misma poderosa masculinidad. Eran criaturas que necesitaban espacio y libertad para florecer.

La boca de Blake reclamó la suya en un largo y tierno beso. Nicole le rodeó el cuello con los brazos y lanzó un suspiro. Los líquidos ojos negros brillaron de felicidad y ella se sintió conmovida al haber sido la causante de aquello. Él le acarició suavemente el rostro y el cuello, trazándole una línea con el índice entre los pechos. Cuando le lamió las gotitas de leche que temblaban en la punta de cada pezón, Nicole se agarró a su espeso cabello alborotado y gimió de placer.

–Tendría que irme. Darle de comer a Luc. Debe de ser tarde ya...

Blake lanzó un gemido.

–¡El tiempo! Es el enemigo de los amantes. Quiero quedarme toda la tarde aquí contigo. Pero... sí. Tengo que darme una ducha y pasar a ver a mi madre antes de comer. Se lo prometí.

–Sí –dijo ella, pero él la besó y no la dejaba ir–. Blake, me tengo que ir –rogó, empujándolo suavemente.

–¿Sabes lo que has hecho? –le preguntó, con voz ronca.

–¡Sí! –susurró ella, rebosante de alegría.

Blake sonrió y se subió los pantalones de montar.

–Dudo que lo sepas. Desde ahora querré estar contigo veinticuatro horas al día y no podré estar a gusto en ningún otro lado.

Nicole rió de gozo y se vistió de prisa, deteniéndose cada dos segundos para protegerse de sus besos.

–¡Eres insaciable! –protestó, bromista, cuando Blake la besó nuevamente.

–Una bruja me ha hechizado –gruñó él, quedándose quieto para disfrutar del placer de que ella le acariciase el torso.

–Blake –susurró, abrazándolo fuerte–, estoy muy contenta de que nos hayamos encontrado.

Él la acarició.

–Ya. Ya estás bien –le dijo, besándola en los labios nuevamente y acompañándola a la puerta del granero.

Mientras corría hacia la casa sola, a Nicole le pareció que el corazón le iba a estallar de alegría, así que cantó y dejó que su felicidad se extendiese y resonase por todo el jardín. Hacía poco tiempo la había dominado la desesperación. Ahora... nunca se había sentido así de feliz en la vida, jamás.

Capítulo 10

BLAKE se sintió culpable por el alivio que sintió al dejar finalmente a su madre. Pero ella lo había interrogado sobre Nicole con sorprendente vigor para su gravedad. No le había gustado mentirle. Sintió que la traicionaba.

¡Dios, qué disyuntiva! Josef siempre había sido lo primero en todo. Antes que sus obligaciones, que su madre, incluso antes que la misma Cranford. Y ahora, si el pequeño Luc tomaba posesión de su herencia, estaría tirando por la borda el futuro de su hijo. Por no decir el suyo.

Hecho un lío, furioso con el amante de su madre por más que éste hubiese sido el hombre que le había dado la vida, se acercó a largas y furiosas zancadas a la idílica escena que se desarrollaba en esos momentos bajo el cedro.

Nicole se hallaba en una estera junto a la mesa de blanco mantel, servida para comer. Mientas se acercaba, el paso y el humor de Blake se calmaron como por arte de magia.

Nicole se dio la vuelta a sonreírle y los problemas de Blake se esfumaron. Era increíble, ella ejercía en él un efecto parecido al que él mismo tenía sobre Midnight. Tranquilizaba a la bestia salvaje, hacía que pareciese que todo iba bien. Blake se había puesto una camisa de manga corta amarilla y un par de vaqueros. Dejándose caer junto a ella, miró al niño desnudo sobre el cambiador. Luc gorgojeaba feliz y sacudía los brazos y las piernas con energía.

–Tiene buen aspecto –Blake sonrió–. No veo nada de urticaria.

Nicole le hizo cosquillas en la tripita a Luc y éste la recompensó con una carcajada de regocijo. La sonrisa de adoración de Nicole conmovió a Blake.

–¿No es fantástico? Creo que el doctor le dará el alta cuando venga.

Blake dejó que el bebé le agarrase el dedo, encantado con él.

–Qué pequeñín –se maravilló–, es asombroso pensar que crecerá para convertirse en un adulto. Un milagro.

«El heredero de Cranford», pensó, con una punzada. Y frunció el ceño, porque lo único que le podía desear a aquel niño era una vida plena y feliz. ¿Incluía eso concederle su herencia?

–¿Me dejas que lo alce? –preguntó, como si con ello pudiese disculparse con el bebé–. Recuerdo cuando Joe era así de pequeño. Me emocionaba cada vez que lo veía. No podía creer que fuese hijo mío. Me acercaba a tocarlo para asegurarme de que fuese real.

–Claro –dijo ella, inclinándose para darle un beso en la mejilla a Blake.

Él le tomó el rostro entre las manos para saborear sus labios. Nicole olía a bebé, a perfume suave y fresco, a talco. Su cabello... Hundió la nariz en su cuello. Le recordaba al perfume de las flores de manzano. Antes de llegar demasiado lejos, se apartó y levantó a Luc, que se movía para todos lados, y un par de ojos azules lo miraron fijamente, con confianza. Sintió una oleada de amor entremezclado con culpabilidad.

–Es genial –dijo, con la voz ronca.

–Mmm –dijo Nicole de espaldas, revolviendo dentro de la bolsa de los pañales. Apoyándose al bebé en el hombro, Blake alargó la mano y tiró de ella suavemente para que lo mirase. Ella tenía los ojos llenos de lágrimas.

–No tienes por qué ponerte triste –le dijo, acariciándole el rostro.

Ella se secó los ojos con los puños, como un niño, y le sonrió.

–No lo estoy. Es que cuando veo a un hombre fuerte y masculino con un bebé diminuto en los brazos, es conmovedor, tierno... –rió–. ¡Ya lo sé: soy una idiota! Pero me encanta que mimes a Luc. ¿Comemos? –añadió, y se puso de pie de un salto. No le podía decir que había sentido un visceral deseo de maternidad, que quería tener hijos con él. Que deseaba que él los mimase y los quisiese a ella y a sus niños. Sorprendida por aquellas fantasías, se preguntó qué diría él de aquello. ¡Probablemente saldría corriendo y la echaría de Inglaterra!

–¿Qué tal tu madre? –le preguntó cuando Luc estuvo en la estera otra vez y Blake se sentó a la mesa junto a ella.

–Desconfiada –respondió él secamente.

–¿Por qué? –preguntó de nuevo, cortando un trozo de quiche.

–A pesar de que me había duchado y cambiado –sonrió él–, creo que se dio cuenta de que estaba radiante. Lo cierto es que me sentía capaz de conquistar el mundo y luego bailar toda la noche para celebrarlo. Y supongo que se notaba. ¡Parecía que me estaba sometiendo al tercer grado, lo único que le faltaba era enfocarme el rostro con una luz blanca!

–¿Qué le dijiste? –quiso saber, con expresión divertida.

Blake se concentró en servirse un trozo de salmón frío.

–Le hablé un poquito de ti. Creo que mi tono casual no la engañó ni un pelo. Me conoce bien, se dio cuenta de que todavía no había bajado a la tierra y llegó a la conclusión de que habíamos hecho el amor –le lanzó una mirada inquisitiva–. ¿Te importa?

–No, por supuesto que no. Los dos estamos libres, podemos hacer lo que queramos. Pero ¿crees que a ella le importa? –preguntó, contenta de que él se inclinase a besarla. La mano masculina le acarició el brazo y ella lanzó un suspiro feliz.

–No creo. Probablemente estará contenta de que yo

me sienta feliz –apartó la mano de su brazo–. Eso es lo que todos deseamos para nuestros hijos, ¿no?

Nicole sintió la necesidad de tocarlo, de tranquilizar a aquel hombre de temperamento cambiante. Le deslizó la mano por el firme músculo del brazo hasta el hombro y luego le acarició los pelos de la nuca, que se rizaban de forma deliciosa a pesar de los intentos de él de controlarlos.

Él había dado rienda suelta a sus emociones con su ayuda. Se había lanzado a una especie de abismo desconocido. Y, aunque se había entregado en cuerpo y alma a ello, seguramente se sentiría nervioso al abandonar todos aquellos años de represión.

–Es nuestro deber hacia nuestros hijos ser felices también –le murmuró al oído.

–A veces –dijo él en voz baja, desilusionándola al no responder con más entusiasmo–, eso no es posible.

–¿Hablas del sacrificio que tu madre hizo por ti? ¿Ha tenido una vida infeliz? –le preguntó con ternura–. No puedo creer que eso sea verdad. Ella te quiere y te ha visto convertirte en un hombre del cual se ha de sentir orgullosa. Y también está Josef, al que seguramente adora...

–Sí, por supuesto –dijo él, pero había dolor en su voz.

Nicole supo, por el serio perfil de Blake, que él le escondía algo. Algo importante, quizá algo que ver con la enfermedad de su madre. Estaba claro que no confiaba en ella. Afligida, se estiró y le besó levemente la comisura de los labios rígidos.

–Tu madre no es la única a quien no le gusta verte triste –dijo en voz baja.

Él le lanzó una mirada y, de repente, se adueñó de su boca con urgencia, con desesperación.

–Nicole –susurró ahogadamente–. ¡Nicole!

Porque lo amaba, ella respondió apasionadamente, con la esperanza de que él se olvidase de sus preocupaciones durante un rato y fuese feliz.

–¿Mejor? –murmuró cuando se separaron un instante.

–Claro –dijo él, esbozando una sonrisa que no era totalmente creíble–. Comamos. Tenemos mucho que hacer esta tarde.

–¿De veras? –preguntó, entusiasmada.

No tenía sentido presionar a Blake para que confiase en ella. Podía esperar, pero la desilusión le causó una sensación desagradable en el estómago.

–Si tú quieres...

–¿Haciendo qué? –le preguntó, sintiéndolo alejarse de ella cada vez más.

–Pensé que te gustaría acompañarme –dijo él, jugueteando con el salmón–, tengo que hacer la ronda.

Nicole sonrió, radiante, sintiéndose aceptada.

–Me encantaría. Tendría que ocuparme de Luc primero y acomodarlo para su siesta...

–Lo dejaremos con la señora Carter –dijo él con firmeza–. Tendremos que subirnos y bajarnos mucho del coche y hablar con la gente. ¿De acuerdo?

–Si a ella no la molesta... –comenzó a decir, dubitativa.

–Quiero que vengas –dijo él, mirándola directamente–. Es importante para mí.

–¡Oh! –exclamó, aturdida–. Entonces... sí, por supuesto. Estoy segura de que Luc estará en buenas manos.

Cuando acabaron de comer, cambió a Luc y se sentó en la estera con él en el regazo. Con naturalidad, comenzó a amamantarlo mientras Blake esperaba.

–¿Ya está, cielito? –le dijo al rato al niño dormido, y lo acomodó con ternura en el cochecito–. Listo –dijo, enderezándose y abrochándose lentamente–. ¡Oh!

Blake siguió su mirada sorprendida, que se dirigía a la casa.

–¿Qué pasa? –preguntó, preocupado.

–Una cara. En una de las ventanas de arriba –dijo, y se ruborizó, sintiéndose espiada.

–¿Qué tipo de cara? ¿Dónde? –le preguntó él.

–Sólo le vi el pelo blanco. ¿Ves el escudo de armas? Pues bien, arriba, dos ventanas hacia la izquierda.

–Mi madre –dijo Blake, frunciendo el ceño.

–¡Qué bien, entonces!–dijo ella y lanzó un suspiro de alivio–. Se sentirá mejor.

–O sentirá una curiosidad insaciable –se burló él.

–Me imagino que le parecerá una vergüenza que le dé de mamar a Luc frente a ti –reflexionó Nicole y lo miró, súbitamente alarmada–. ¡Quería darle una buena impresión! –se quejó–. Y ahora, si descubre quién soy, creerá que...

–¡No descubrirá quién eres! –replicó Blake con repentina violencia–. ¡No debe hacerlo! –se hizo un silencio glacial y luego le dijo con más calma–: Ahora, si estás lista, ¿vamos?

Nicole se sintió desfallecer. De repente, él se comportaba de aquella manera distante y fría. Se le había arruinado el día. Pero debía tener paciencia, dejarle su espacio. Lo amaba lo bastante para hacerlo.

Blake se sentía como si caminase en la cuerda floja. Una cuerda floja que se perdía en la distancia y no tenía final. Y se mecía de un lado a otro, ora dejándose vencer por sus pasiones, ora volviendo a su antigua personalidad.

Pero las siguientes horas permitirían que conociese más a Nicole. Sus inquilinos eran directos y llamaban al pan, pan y al vino, vino. Aunque él estuviese cegado por el deseo, ellos la calarían enseguida.

Al volver a la casa, metió en el todoterreno una caja de melocotones, una pila de revistas, varias novelas que había comprado en el puesto de periódicos la semana anterior y también su mono de trabajo. Nicole charló alegremente mientras se acercaban a su primera visita: la señora Lee, que vivía en la que había sido la casita del cazador. Le respondió secamente, nervioso.

Se dio cuenta de que deseaba que todos la aceptasen, lo cual era una locura. Si era verdad que ella era pura como la nieve, no tendría más remedio que dejarle vacante el puesto de señor de la comarca. Más le convendría que la tarde resultase un fiasco total, pensó con amargura, y así la podría mandar a su casa como si no hubiese sucedido nada.

Pero si ella se iba, se sentiría como si le hubiesen arrancado el brazo derecho. ¡Demonios! Luchó con las marchas del coche, irritado. Por primera vez en su vida, a pesar de su fama de tomar decisiones rápidas, no tenía ni idea de qué hacer.

—La señora Lee —le dijo a la insólitamente silenciosa Nicole al ver aparecer la casa al final del estrecho camino—. Visita de cortesía. Es una mujer mayor y no sale mucho.

—Oh. ¿Las novelas y revistas son para ella? ¿Las bajo?

—No. Pensaría que lo hago por caridad —detuvo el coche—. Déjalas ahí.

Después de ayudar a bajar a Nicole del coche, sus facciones se suavizaron mientras se dirigía a la puerta y tiraba de la cuerda de la antigua campana, como muchas otras veces lo había hecho. Se oyó un arrastrar de pies.

—¿Quién es? —preguntó una voz trémula.

—¡El lobo feroz, Ricitos de oro! —llamó Blake alegremente.

—¡Tunante! —con una risilla ahogada, la señora Lee abrió la puerta y le ofreció la arrugada mejilla para que le diese un beso.

—Perdón por molestarla, pero iba al pueblo con mi amiga, Nicole, y se me ocurrió pasar para ver si necesitaba que le hiciese alguna compra.

—Tal vez —respondió ella con dignidad—. Tal vez no. Mucho gusto, Nicole. Pasad, pasad. Haré una taza de té.

Blake vio cómo Nicole esbozaba su cálida sonrisa y conquistaba a la anciana.

–Gracias, me encantaría –dijo entusiasmada.

Un sobresaliente, pensó Blake. No se ofreció a hacerle el té a la señora Lee. La viejecita defendía su independencia con uñas y dientes y Nicole no había cometido ese error.

–¿No conocerá a nadie que quiera unos libros y unas revistas? –dejó caer, cuando se encontraban los tres sentados con sendas tazas de té humeante–. Mi madre los ha leído y tendría que llevarlos a la chamarilería, pero no tengo tiempo.

–Quizá –dijo la señora Lee con cautela–, echémosle un vistazo.

Él contuvo una sonrisa y corrió afuera obedientemente, tomándose su tiempo para hacer una pila con los libros y las revistas. Cuando volvió, la señora Lee se reía a gritos de algo que le había dicho Nicole. Esperó en la entrada, fascinado.

–Y ahora, me siento un poco paranoica –rió Nicole y la viejecilla lanzó una carcajada–. No creo que nunca vuelva a colgármelo de la bolsa, ¡no vaya a ser que me confundan con la hermana de Cuasimodo!

Desde luego. El episodio con Josef. Sonrió al recordarlo. La primera vez que había visto a Nicole, la primera vez que una mujer le había dado un golpe entre las cejas, del que jamás se recuperaría.

–Es un niño adorable –declaró la señora Lee–. Como su padre. Pero nunca me gustó el padre de Blake. El tío... ése sí que era harina de otro costal.

Blake se quedó petrificado. Hablaba de Giles.

–¿Los recuerda a los dos, señora Lee? –preguntó Nicole y, a pesar de que intentaba parecer natural, Blake percibió el nerviosismo en su voz.

–El señor Darcy era un muchacho arrogante –se quejó la señora Lee–, no me gustaba en absoluto. El señor Giles era más amable, un verdadero caballero. Le gustaba pintar, recuerdo. Me hizo aquel retrato. Está sin terminar, por eso no tiene su firma, pero lo hizo él, sí señor.

Se oyó el roce de la falda de Nicole y Blake supuso

que ella se habría puesto de pie para ir a mirar el cuadro. Lo conocía bien, pero no sabía quién lo había pintado. Mostraba a la señora Lee más joven. Le parecía magnífico y la señora Lee y él siempre bromeaban al respecto: Blake le ofrecía dinero por él, alguna cantidad absurda, generalmente quinientas mil libras esterlinas, y ella siempre la rechazaba con actitud regia, diciendo que a ella le gustaba y que, además, ¿para qué quería ella tanto dinero?

—Es...

A Nicole se le quebró la voz. Seguramente había reconocido el trabajo de su padre y se sentía triste. Era un hermoso retrato de la señora Lee, mostrándola como una hermosa mujer de buen corazón. Una pintura hecha con amor y sentimiento. Siempre había creído que era obra de un hombre sensible e inteligente, que había logrado ir más allá de la piel y los huesos y llegar a la verdadera naturaleza de su modelo.

—Es excelente —dijo Nicole con ternura—, la ha captado tal cual es.

—¿A que sí? Reconozco un espíritu como el mío cuando lo veo. Por eso el señor Giles y yo nos llevábamos bien. Todos lo queríamos mucho. Fue una pena que tuviese que marcharse al extranjero repentinamente. Nunca volvió. Nunca acabó mi retrato —rió estridentemente—. No me reconocería ya, ¿verdad?

—La verdad es que creo que sí lo haría —dijo Nicole—. Usted es la misma por dentro, ¿no? Y eso es lo que él vio.

—Qué lista eres —Blake oyó que le daba palmaditas en la mano a Nicole—. ¿Dónde estará tu novio? No se ha acabado el té.

—No es mi... —dijo Nicole mientras Blake iba de puntillas hasta la puerta para entrar nuevamente haciendo ruido.

—No puedes engañarme. Vi la forma en que te miraba. Espero que te atrape antes de que lo haga alguien más... Ah, ahí viene.

–Perdón por el retraso –anunció Blake, tratando de digerir lo que había oído–. Tuve que separar las más sexys...

–¡Ésas son las que más me gustan! –protestó la anciana.

–Ya lo sé –dijo él, lanzándole una mirada fulminante–. ¡Ésas son las que separé para usted! He dejado en el coche las que tienen en la cubierta la imagen de una dulce mujer con delantalito, y le he traído las que tienen abrazos apasionados y tíos cachas.

Las dos mujeres rieron e intercambiaron miradas cómplices. Blake le volvió a otorgar un sobresaliente a Nicole. La señora Lee tenía fama de ser tremendamente franca y resultaba imposible engatusarla. Mientras bromeaba y se defendía del frente común que habían hecho ambas mujeres, reflexionó que la conversación que había oído a escondidas había resultado una revelación. Quizá era verdad que su madre estuviese equivocada. Sintió una estúpida felicidad al pensarlo y se preguntó por qué diablos aceptaba tan alegremente que lo echase de Cranford. Luego miró a la sonriente Nicole y supo el porqué. El descubrimiento lo dejó estupefacto.

Capítulo 11

SON PRUEBAS convincentes –dijo Blake cuando Nicole le contó entusiasmada la conversación que había tenido con la señora Lee mientras él supuestamente se encontraba en el coche eligiendo los libros–. Hablaré con mi madre. Intentaré llegar al fondo del asunto.

–Oh –exclamó ella, ilusionada–. ¡Gracias, Blake, gracias!

–El siguiente es el herrero –anunció, controlando el impulso de detener el coche y besarle los labios entreabiertos antes de correr a enfrentarse a su madre–. Me está enseñando el oficio.

–¿Por qué? –le preguntó ella, sorprendida.

Porque le encantaba. Sentía que lo estimulaba golpear el hierro maleable por el calor, hacer un trabajo que requería un esfuerzo físico y un ojo infalible, que daba como resultado una obra de duradera belleza y utilidad.

–¿Por qué no? Me llevará una hora. Es todo el tiempo que puede darme –dijo con una sonrisa–. El ceramista está al lado. O puedes pasear por el pueblo si te sientes aburrida...

–Miraré un rato para ver qué desastre haces –bromeó ella–. Luego compraré las cosillas que nos encargó la señora Lee.

Cuando Nicole saludó a Joseph Croxford, el herrero, un hombre bajo y sólido, un poquito mayor que Blake, la mano se le perdió dentro del gigantesco puño, pero el apretón fue suave y la sonrisa generosa.

Mientras Blake se iba atrás a ponerse el mono y el grueso mandil de cuero igual al que llevaba Joseph, ella curioseó, interesada. Estaba oscuro dentro del pequeño granero de altos techos, pero pudo distinguir herramientas de todo tipo en las paredes de yeso y madera.

–¿Cuánto lleva esta fragua aquí? –le preguntó a Joseph.

–Muchísimo tiempo –levantó un pesado martillo–. Los Croxford somos los herreros del pueblo desde hace cientos de años –decía con orgullo cuando Blake entró por la puerta trasera–. Mucho antes de que llegasen esos advenedizos de los Bellamie, ¿sabes?

Nicole estalló en carcajadas y Blake le lanzó a Joseph una mirada de fingida indignación.

–Así que advenedizos, ¿eh? –dijo ella.

–Franchutes. Vinieron aquí desde Calais. Nosotros estamos registrados en el Doomsday Book –dijo el herrero.

–Sí, figuráis como ladrones de ovejas, si no recuerdo mal –se burló Blake.

–Probablemente tengas razón –rió Joseph–. Pero al menos mi familia tiene nombres decentes, ingleses, no esos nombres franchutes. Tu madre estuvo bien al no ponerte Darcy.

–O Giles –terció Nicole.

–A ése no lo conozco. Venga, agarra esa barra, señor Blake, y a ver si puedes hacer algo que no te salga un churro.

A pesar de que todas aquellas pullas, los dos se llevaban bien, pensó Nicole. Se apoyó contra la pared manchada de hollín y los observó. Blake se había subido el mono hasta la cintura y allí se había atado las mangas, dejando el pecho desnudo. Pronto estuvo cubierto de sudor mientras trabajaba el metal candente.

Saltaban chispas y los golpes, como el tañido de una campana, resonaron en la fragua con cada mazazo de Blake sobre el enorme yunque. La escena resultaba maravillosamente primitiva. Nicole lo miró, loca de amor por él, sonriendo con ternura al verle la expresión concentrada mientras intentaba llegar al nivel de exigencia de Joseph.

–No aprietes, hombre –gritó el herrero–. ¡Que rebote! ¡Y deja de mirar al público!

Pareció que Blake enrojecía, pero también podría haber sido la luz del fuego.

—¿Qué tal lo hace? —le susurró Nicole al herrero cuando éste se acercó a buscar unas tenazas del banco de trabajo.

—No está mal para un amateur —Joseph hizo una pausa—. Me he enterado de lo de tu padre. Te habrá resultado duro. ¿Era muy mayor? —dijo con sorprendente delicadeza.

—No —le contestó, mirando los cálidos ojos grises—, fue cáncer.

—El mío también, chica. Cuesta trabajo verlos irse así —titubeó—, ¿quieres que te haga una cruz para poner debajo del tejo?

—Me encantaría —dijo Nicole, abrumada por su amabilidad—. Dime lo que costaría y...

—Yo no le cobro a los amigos del señor Blake. Estaría hundido en deudas si no fuese por él. Algún día me podrás devolver el favor.

—Pero... vivo en Francia —dijo, insegura.

—De momento —dijo Joseph, alejándose. Y, antes de que ella pudiese preguntarle a qué se refería, le gritó a Blake—: ¡Venga, a ver si trabajas un poco, hombre, que no tenemos todo el día!

—¡Tirano! Te subiré la renta —le gritó Blake por encima del estrépito de los martillazos.

—¿Qué me vas a subir, si no pago renta? —gritó Joseph, triunfante.

—¡Me había olvidado! —Blake hizo una pausa con una radiante sonrisa. Riéndose se pasó el brazo por la frente, manchándose de tizne.

Estaba jadeante, le palpitaba el pecho, y nunca le había parecido a Nicole más deseable. Vio que la mirada penetrante y especulativa de Joseph se posaba en ella y deseó que el herrero no se hubiese dado cuenta de la adoración que se reflejaba en sus ojos. Para aparentar indiferencia, decidió marcharse, muy a pesar suyo.

—¡Me voy a la tienda! —le gritó a Blake, que había reiniciado los golpes.

–Date una vuelta por el pueblo, también –le contestó él–. Te veo en el pub. A las tres.

–¿Cómo te ha ido? –le preguntó cuando ella llegó al pub diez minutos tarde. No necesitaba preguntárselo.

La habían aceptado. Había llegado al corazón de los vecinos que había conocido. Joseph, Joan, que llevaba la tienda, otros vecinos que habían estado haciendo la compra allí, Tim, el ceramista... El corazón se le aceleró al pensar en las consecuencias.

Ella se sentó junto a él en la banca de alto respaldo y le dio su versión de los hechos mientras, junto a ellos, dos equipos disputaban una partida de dardos.

Fresco tras la ducha de agua fría que se había dado en el patio de Joseph, Blake se apoyó en el respaldo, saboreó una pinta de un merecido zumo de manzana casero y la oyó hablar de lo amigables que eran todos en Great Aston.

–¿Qué vas a tomar? –le preguntó cortésmente cuando ella hizo una pausa para tomar aliento.

–Algo sin alcohol, por favor. ¿Lo mismo que tú?

Nicole sonrió y saludó con la cabeza a un grupo de granjeros que había en la barra. Todos alzaron la copa a la vez y ella sonrió como si le hubiesen ofrecido todo el oro del Perú.

Quizá lo habían hecho, pensó Blake, soportando los comentarios de los granjeros mientras esperaba que le sirviesen en el bar. Aquella tarde podría ser decisiva para que ella controlase los destinos de Cranford.

–Búscate tu propias clases de francés –dijo, contestando secamente a un comentario subido de tono sobre la presencia de ella. Volvió presuroso a sentarse–. Tengo que revisar unas alambradas. Luego podríamos ir a las montañas –dijo, con aire despreocupado.

–¿Qué hay allí? –preguntó ella, mirando el reloj.

–Sexo –le respondió él–. Voy a hacer el amor contigo. Por ahora estoy logrando no ponerte las manos encima, pero pronto tendré que tocarte. Besarte de arriba abajo...

–Blake –le dijo ella, con la voz ronca de deseo–, es

lo que más deseo en el mundo, pero tengo que volver pronto para darle de comer a Luc.

Blake cerró los ojos e hizo unas profundas inspiraciones. Tomó un trago de zumo. Intentó no escuchar a la desagradable vocecilla le decía que ella lo estaba evadiendo.

–Por supuesto. Me daré otra ducha fría. Me sentaré en un congelador durante una semana o dos, no te preocupes por mí.

–Dicen que no hay nada más dulce que la espera.

–Están equivocados. Es una agonía –gruñó, dejando el vaso sobre la mesa con un golpe.

Ella flirteó descaradamente con él y, aunque Blake sabía que todos los miraban, no le importó. Inclinándose adelante, le tomó el rostro entre las manos y le dio un beso profundo y lento.

Los granjeros lo alentaron con silbidos y comentarios, pero él no necesitaba ayuda. Lo estaba haciendo perfectamente solito.

–Al diablo con la espera –masculló.

–¡Ahora sí que la has hecho buena! –susurró ella–. Todo el pueblo se enterará de esto.

Él le tocó los ardientes labios, deseando tocarle también sus senos maduros. Sabía que ella lo había cautivado, enganchado del todo. En aquel momento, decidió tirar las reglas por la ventana e improvisar sobre la marcha. Seguiría sus instintos y sus impulsos a ver qué pasaba.

Y, en cuanto pudiese, sería él quien le aplicaría a su madre el tercer grado. Ya se le ocurriría algo que hacer para evitar que Josef y él acabasen en la calle. Tenía que haber una solución. ¡Ojalá su caótico cerebro pudiese encontrarla!

Preocupado porque su madre se encontraba peor después de haberse levantado a mirar por la ventana, Blake se quedó junto a ella durante un largo rato después de cenar, hablando de lo que había sucedido durante el día.

Pero no le había podido preguntar sobre Giles. Ella parecía demasiado frágil como para someterla a un interrogatorio.

–¿Cómo está? –le preguntó ansiosamente Nicole, levantándose de un salto del sofá donde lo esperaba.

–Dormida, y mucho mejor después de que la hice reír un rato contándole lo de los escarabajos de Josef –dijo él, con una sonrisa distraída.

–¡Escarabajos peloteros! –murmuró ella con cariño, volviéndose a sentar.

Él pensó en su querido hijo, durmiendo, sin saber que su futuro pendía de un hilo. Tuvo que darle la espalda a Nicole, incapaz de esconder su angustia.

Josef ya había vuelto de la escuela cuado llegaron ellos después de dejarle la compra a la señora Lee. Los había recibido alegremente, diciéndoles que como Luc ya no tenía urticaria, les podría mostrar a Nicole y a él los escarabajos.

–Los tendré poco tiempo –explicó, cuado Nicole accedió solemnemente–. Los animales tienen que estar en libertad. Les gusta estar afuera buscando su propio estiércol.

El día había resultado perfecto, empeorando todavía más la situación. Josef la adoraba. Cuando las ancianas la veían, se enternecían. Los hombres soñaban con su juventud cuando la miraban a los ojos y se encontraban enfrascados en entusiasmadas conversaciones sobre sus intereses.

Dudaba que a nadie lo preocupase que ella lo reemplazara. Se quedó helado. Se forzó a enfrentarse a la realidad. Se imaginó el lloroso rostro de Josef mientras se alejaban de Cranford para no volver jamás. Se le hizo un nudo en el estómago. ¡No! ¡No podía hacerle aquello a su hijo!

Había una respuesta, desde luego. Si ella se quedase a vivir con él, como su amante, acallaría su conciencia. Así, Josef heredaría y quizá la mitad de la propiedad podía pasar a Luc.

Pero aquélla era una decisión terrible, no se atrevía a tomarla sin pensarla bien. Ella podría negarse, por supuesto. La idea lo puso nervioso. Demasiado dependía de ello. Por el bien de Josef, no podía cometer otro error.

–Ven y dame un beso –le dijo ella, suavemente.

Casi cedió, pero necesitaba tener la cabeza fría para pensar, no dejarse llevar por la entrepierna.

–No tenemos tiempo –le dijo. Poniéndose los gemelos de oro, simuló no darse cuenta de la repentina frialdad del aire–. Voy a ver los fuegos artificiales dentro de un minuto. ¿Quieres venir? –le preguntó, haciéndose el despreocupado.

–¿Qué pasa? –preguntó ella con ansiedad.

–Nada.

–Mentiroso. Te preocupa tu madre, ¿verdad? –le dijo suavemente.

Él gimió. Había oído el roce de su vestido de seda cuando ella se levantó, sus ligeros pasos al acercarse. Su perfume. Nicole le apoyó la cabeza en el pecho. Él le acarició el brillante cabello rubio deseando que no los separase un terrible secreto.

–Todo lo que puedes hacer –le dijo ella dulcemente– es que esté cómoda y feliz. Demostrarle que estarás bien cuando... cuando se haya ido. Eso es lo que preocupaba a mi padre. Le dije cómo haría para arreglármelas sin él y se quedó tranquilo. Así que asegúrate de que ella sepa que tienes todo lo que deseas.

–Pero no lo tengo –murmuró.

Ella lo miró inocentemente.

–¿Qué más podrías desear?

–¡A ti! –dijo él, adueñándose de su boca–. Ven a bailar conmigo –le dijo con voz ahogada–. Quiero tenerte en mis brazos en público, apretar tu cuerpo, así... Mirarte a los ojos y saber que me necesitas tanto como yo te necesito a ti.

–Los niños –le recordó ella, aturdida por su arrebato.

–Maisie se queda a dormir esta noche para cuidar a Josef, así que le encantará ocuparse de Luc también. No le pasará nada a los niños –le rozó la mejilla con los labios y le hundió la nariz en el cuello–. ¿Vienes? –le preguntó esperanzado, conteniendo el aliento.

Nicole tomó sus labios y luego lo miró a los ojos con una sonrisa.

–Sólo si llevas el móvil para que Maisie pueda ponerse en contacto contigo en caso de emergencia –murmuró, acariciándole el rostro.

Tomados de la mano, atravesaron los jardines hasta el invernadero. Parecía que todos los miraban cuando entraron a la sala llena de gente. Blake supo que los hombres la admiraban y sintió orgullo de que ella se encontrase con él, y que esos ojos brillantes y esa sonrisa fuesen sólo suyos.

Le daba igual lo que le deparase el destino. Sabía que deseaba a Nicole ahora. Haría lo que su madre le había sugerido: seguiría los dictados de su corazón y le pediría que fuese su amante, que se quedase a vivir con él.

Disimulando su impaciencia, la presentó a los organizadores y a los dignatarios. Luego logró escabullirse con ella hasta la pista de baile. Tomándola en sus brazos, se sintió totalmente feliz, como si hubiese comenzado a ser él mismo.

La suave seda del vestido rojo le rozó las piernas al moverse y el calor del cuerpo femenino atravesó la delicada tela cuando ella respondió al sensual blues. Él sólo tenía ojos para ella, y ella sólo para él.

El salón no existía. Solamente estaban ellos dos, el corazón de Nicole latiendo contra su pecho, su delgado y ligero cuerpo en el círculo de los brazos masculinos, calcando cada movimiento, como si estuviesen unidos por un vínculo inseparable.

Nicole respiraba tan entrecortadamente como él. El perfume femenino lo estaba volviendo loco y, cuando ella se dejaba llevar por la música, su cuerpo le rozaba el caliente y palpitante miembro, y él se estremecía de contenido placer. Tenía que pedírselo. Ahora.

–Nicole –susurró roncamente a su oído, temeroso,

inseguro. Se conocían desde hacía poco tiempo. Él no perdía nada al pedirle que se convirtiese en su amante, pero ¿ella?

–¿Mmm?

La sonrisa de Nicole lo deslumbró. Era maravillosa, pensó como flotando.

–Siento como si te conociese de toda la vida –se sorprendió, cegado por los ojos brillantes y la sonrisa feliz.

–Yo siento lo mismo –dijo ella con un suspiro.

–¡Sabes que te deseo! –exclamó con fervor.

–Ya me he dado cuenta, ya –le contestó, con una sonrisa maliciosa.

–Me refiero a que... Nicole, hay algo que quiero decirte. ¿Vamos a un sitio más privado?

Nicole asintió con la cabeza, preguntándose enternecida por qué él no le diría directamente que quería acostarse con ella. Como en una idílica nube, sintió que él la guiaba afuera del invernadero. Tenía el brazo apoyado pesadamente sobre sus hombros y parecía tenso. Ya se ocuparía ella de que se relajase, pensó feliz.

Se detuvieron junto al lago. Las aguas estaban quietas y oscuras, excepto donde la luna las volvía plata. El perfume a madreselvas era subyugante.

Blake la giró hacia él y la besó largo rato. Ella se puso de puntillas, tomándole la hermosa cabeza entre las manos para profundizar la presión de sus bocas. Parecieron besarse durante horas, incapaces de satisfacer la necesidad de contacto.

«Lo quiero», pensó ella, sintiéndose flotar.

–Nicole –fue apenas un susurro–. ¿Quieres...? –tomó aire, trémulo.

Ella lo miró a los ojos diciéndole que sí, que quería hacer el amor con él allí. Allí o en cualquier sitio. En cualquier momento

–¿Quieres casarte conmigo? –preguntó finalmente Blake.

Capítulo 12

NO PODÍA creer lo que acababa de decir. ¿Cómo había sucedido aquello? Azorado, buscó una forma de convertir su error en un chiste.

Pero Nicole le ganó de mano, diciéndole: «Sí», y besándolo con dulzura. Se encontró empujándola suavemente al suelo con la mente hecha un torbellino de alegría y pánico, pero el cuerpo completamente seguro de sí mismo.

Nada le parecía real. Ni la fiebre que se adueñó de él, ni la docilidad del entregado cuerpo de ella, ni la apresurada rapidez con que se desnudaron. Al unirse, cálidas volutas de dulce agonía lo recorrieron en medio de estremecimientos. Los dedos femeninos lo atormentaron, llevándolo a que sellase sus destinos.

Ella gritó su nombre: un grito primitivo que le llegó al corazón. Y luego, cuando él no pudo contenerse más, ella suspiró en un suave gemido:

–¡Te quiero, Blake! ¡Te quiero mucho!

La mente pareció estallarle en mil pedazos. Una emoción lo invadió, haciéndole desear gritar y saltar por el aire a la vez. Estremeciéndose, le devoró los suaves y trémulos labios con una ternura que le llenó el corazón de ansia. Suavemente, le separó los muslos y acarició la seda de su ser. La contempló cerrar los ojos en éxtasis mientras comenzaba a tocarla, rozándola apenas, para excitarla de aquella forma tan maravillosa.

Ella se retorció bajo sus dedos, rogó, gimió. Luego se vengó de él agarrándolo donde latía de calor y ansia insoportables y moviendo su mano con un ritmo exquisito hasta hacerlo enloquecer.

—¡Ámame! —susurró.

El cuerpo de Blake obedeció. Cada centímetro cuadrado fue para ella, cada palabra, caricia, mirada apasionada.

Sus cuerpos eran insaciables. La tomó con pasión, con delicadeza, con risa. La tomó con fiereza, con golpes rápidos que los dejaron sin aliento. Y luego, después de besar cada centímetro de su cuerpo, le hizo el amor lenta y deliberadamente hasta que ambos gimieron de deseo.

Cuando el cielo comenzó a clarear, la ayudó a vestirse. A trompicones, silenciosos y aturdidos por lo que había pasado, se dirigieron a la casa. Drogados, borrachos, saciados y trémulos de emoción.

—Vete a dormir —dijo él cuando la acompañó a su habitación—. Duerme todo lo que necesites, todo lo que Luc te deje dormir. Buenas noches.

Se inclinó y le rozó los labios con un beso. La miró profundamente a los ojos, le tocó la mejilla como si no pudiese creer lo que habían hecho. Y se alejó silenciosamente.

Con los ojos brillantes y rebosante de felicidad, Nicole bajó alegremente las escaleras a la mañana siguiente, con Luc en los brazos. Era una locura comprometerse con alguien que apenas conocía, pero no tenía dudas sobre Blake. Ninguna duda.

El amor que le tenía y el que él le tenía a ella le llegaron muy profundo, dándole un nuevo sentido a su vida. Y sería así hasta el día en que muriese.

Había una nota de Blake sobre la mesa. Ponía que volvería a la hora de la comida. Así que, feliz, jugó con Luc y ayudó a la señora Carter a hacer una quiche hasta que la cocinera la echó diciéndole que fuese a tomar un poco de aire fresco.

—Desde luego que no voy a dejar que acapare al bebé usted sola —se quejó la señora Carter, alzando al revol-

toso Luc–. Si toma el sendero del bosque –le dijo astutamente–, quizá se encuentre con el señor Blake cuando
vuelva de la granja.

–A usted no se la puede engañar, ¿verdad? –rió Nicole.

–No estoy ciega –dijo la cocinera con una ahogada
risilla–. ¡Dese prisa, niña!

Nicole le dio un beso a su niño, le mordisqueó los
deditos de los pies y se despidió alegremente de la cocinera, que la saludó con aprobación. Vivir allí sería maravilloso, pensó, el rostro radiante de felicidad.

Cualquier sitio con Blake sería el cielo, pero allí...
pensó ilusionada, consciente del gran paso que él había
dado al proponerle matrimonio. Se sentiría muy seguro
de su amor por ella, pensó soñadoramente. Seguro que
fue igual de instantáneo y transformador como el que ella
sentía por él.

Matrimonio. Lanzó un enorme suspiro de felicidad.
Nunca había estado tan segura de alguien. Eran almas
gemelas. Y ella era la mujer más feliz del mundo. Pensando en su futuro, anduvo hasta que llegó a una pequeña cabaña junto al sendero. Curiosa, abrió la puerta
de madera y entró.

Entonces oyó el retumbar de cascos y una voz masculina que llamaba en una lengua extraña. El ruido del
caballo se hizo más lento y se acalló.

Nicole espió cautelosa por la ventana sin cristales y
se quedó petrificada con lo que vio.

De pie junto al nervioso Midnight se hallaba un
hombre con el pelo negro, como el de Blake, aunque
largo y atado en la nuca con una cinta negra. Era mayor
y más delgado, pero tenía la misma presencia y los mismos ojos penetrantes, del color del cielo por la noche.

El corazón se le aceleró. El hombre la sorprendió al
calmar al inquieto animal susurrándole al oído. Y Midnight le hundió el morro en el cuello y la cara como si
lo estuviese acariciando.

Fascinada por el extraordinario parecido que tenía el

hombre con Blake, Nicole estuvo a punto de salir y preguntarle al hombre qué hacía allí, pero entonces Midnight se quedó quieto de repente y el hombre se quedó escuchando con atención.

Enseguida oyó que alguien se acercaba corriendo y Nicole se tranquilizó al ver que era Blake. Pero su saludo se le heló en los labios cuando vio la expresión de su rostro.

Blake lo supo enseguida. Se detuvo de golpe, tan sorprendido que casi se cayó de espaldas. Era su padre.

La emoción lo invadió, impidiéndole hablar. Durante varios segundos, los dos se quedaron mirándose, transfigurados.

El hombre mayor se recuperó primero e inclinó la cabeza con deferencia.

–Buenos días, señor, dijo con voz profunda y grave–. ¿Este caballo es suyo? Hermoso animal. Supongo que se habrá asustado. Ya está bien.

–Josef –dijo Blake con voz trémula y ahogada. Tenía los ojos llenos de lágrimas y el corazón anhelante.

La deferencia desapareció. Su padre pareció crecerse, la cabeza adoptó una postura orgullosa. Y a Blake le pareció que los ojos de su padre brillaban con afecto y anhelo.

–¿Lo sabes, entonces? –le preguntó Josef con ternura.

Blake asintió con la cabeza y dio unos pasos hacia su padre, que lo esperaba con los brazos abiertos. Un sonido ahogado surgió de su garganta. Cerró los ojos y se le escaparon unas lágrimas.

Ambos temblaban de la emoción, murmurando y exclamando con alegría. Permanecieron juntos durante varios segundos, como si no deseasen separarse por temor a que fuese un sueño.

Finalmente se apartaron, aunque manteniendo las manos apoyadas en los hombros. Al mirar los extraordinarios ojos negros de su padre, Blake vio que tenía las pestañas húmedas por las lágrimas que le corrían por las bronceadas mejillas.

–¡Padre! –exclamó, ahogándose con la emoción que le atenazaba la garganta. Aquél sí que era el amor que uno sentía hacia un padre. Un amor que nunca había sentido por Darcy. Estaba rebosante de alegría–. ¡Has vuelto!

–No era mi intención que me vieses –dijo su padre con sobriedad.

–Yo me alegro de haberlo hecho –dijo Blake ahogadamente.

–Yo también, aunque cree problemas. La verdad es que he venido a ver a tu madre antes de que se muera. Luego la dejaré con Dios y me marcharé.

–Quiero conocerte –exclamó Blake, que no deseaba perderlo.

–Ya lo harás. Ya habrá tiempo para ello. ¿Crees que querrá verme?

–Te recibirá con los brazos abiertos –sonrió él–. Te sigue amando.

–Lo suponía –dijo él, esbozando una triste sonrisa–. Me dijo que sólo había sido una aventura alocada, pero yo lo sabía. Uno se da cuenta cuando llega el amor. Arrasa con todo.

–Entonces... si lo sabías, ¿por qué la dejaste?

–Porque era lo que ella quería –dijo Josef en voz baja–. Y estaba dispuesto a darle todo lo que estuviese en mi poder. Fue lo más duro que hice en la vida –añadió–, abandonar a la mujer que amaba y a mi futuro hijo.

Lentamente, tocó el pecho de Blake y su rostro, como si quisiera asegurarse de que aquél era su hijo y que finalmente se habían encontrado. Blake le estrechó la mano. Los dos hombres se sonrieron, un poco avergonzados de sus poderosos sentimientos.

–Eres gitano –dijo Blake, dándose cuenta de ello de repente. Y comprendió por qué tenía aquella naturaleza inquieta.

–¿No te avergüenzas? ¡Muchos lo estarían! –dijo su padre secamente.

–Yo veo al hombre, no a su etiqueta.

–Dejé de vagabundear hace mucho tiempo –sonrió Josef–. Me hice artesano en el pueblo donde vivo con mi madre, mi hermano y su familia. Siempre me he ganado la vida trabajando, nunca he sido deshonesto o desleal. He sido fiel a mi familia, al estilo rumano. Tú eres como yo en ese aspecto, apasionado e independiente.

Blake sintió que su cuerpo se relajaba.

–Siento que me comprendo mejor –dijo lentamente–. Ahora sé por qué mis sentimientos son tan profundos, por qué necesito sentirme libre, por qué odio la rutina.

–Ya. Una vez todos tuvimos alas. Sólo los gitanos recuerdan cómo se vuela –dijo su padre con una sonrisa.

Blake pensó cuánta razón tenía. Pero él conocía a alguien más que sabía volar, mostrar el debido respeto a las maravillas del mundo, disfrutar cada segundo de la vida. El pequeño Josef.

–Tengo un hijo, tienes un nieto que se llama como tú. Es un espíritu libre –dijo Blake entusiasmado, deseando que su padre conociese a su tocayo.

–Lo sé. Lo he visto. Un buen muchacho. Y tú, Blake, todo lo que oigo de ti es bueno –sonrió ante la mirada interrogante de su hijo–. Sé cómo pasar desapercibido. Con frecuencia me siento en el pub con un sombrero cubriéndome la cabeza y el cuello levantado y escucho a la gente del pueblo. Has hecho un buen trabajo aquí. Me siento orgulloso de ti. Vive. Sé feliz. Sólo se viene por aquí una vez.

–¡Lo sé! –dijo Blake con fervor–. Mi madre dice lo mismo. Mi intención es ser lo que soy y conseguir lo que quiero.

Petrificada donde estaba, con el rostro horrorizado blanco como una sábana, Nicole vio cómo Blake y su verdadero padre se abrazaban nuevamente.

«Lo que quiero». ¿A qué se refería? El corazón le latía dolorosamente.

–Se suponía que mi existencia se mantendría en secreto –protestó el padre de Blake.

–Así fue hasta hace poco. Pero, como se está muriendo, mi madre quiso descargar su conciencia –oyó que decía Blake–. Al principio no podía creer que no fuese hijo de Darcy, pero luego ella me mostró una foto tuya y me di cuenta de que era verdad. Supongo que toda la vida lo había sospechado.

–Mi foto –dijo Josef suavemente, con alegría–. Caray. Llévame con ella. Y no te preocupes, que nadie me verá, me aseguraré de ello. El parecido entre nosotros dos es tan enorme que sería obvio que no eres el hijo de Darcy. Y tú no quieres que nadie se entere de que no eres su heredero, me imagino.

Nicole no oyó la respuesta de Blake. Los oídos le zumbaban. No era el heredero. ¡No era el heredero!

¡Aquel hombre era el padre de Blake! No Darcy Bellamie, sino otro hombre que había amado a la madre de Blake y la había dejado embarazada. ¡Ella había hecho pasar a su hijo por heredero de Cranford! Se mareó, pero el terror de que la descubriesen le dio fuerzas para enderezarse. Haciendo un esfuerzo por quedarse quieta cuando en realidad deseaba preguntar mil cosas, los vio alejarse hablando en voz baja. Midnight trotaba sumiso tras ellos. Cuando ya no hubo más peligro de que la descubriesen, se apoyó contra la ventana, agarrándose para no caerse. Si Blake no era el heredero... ¡entonces lo era ella! Eso significaba... fue como recibir un puñetazo en el estómago. Blake sabía que no tenía derechos sobre Cranford, pero, casándose con ella, sería el esposo de la heredera.

Hizo un esfuerzo por pensar.

Estaba la hostilidad inicial de Blake cuando supo quién era ella. Las mentiras sobre su padre y su determinación a mandarla a su casa, luego su cambio de táctica cuando ella había insistido en quedarse. Finalmente, él había mostrado un interés personal en ella...

Sintió deseos de vomitar. ¡Quizá todo había sido una farsa! Blake había tenido tanto miedo de perder su posición que había... había... ¡No! Era imposible que hubiese fingido aquel deseo tan salvaje. ¿Y el amor de sus ojos? ¿Había sido una coincidencia que se enamorasen? ¿O calculado fríamente un plan para asegurarse la herencia de los Bellamie para siempre? La recorrió un escalofrío. Sin poder evitarlo, vomitó.

Se limpió la boca con repugnancia. Tenía que confrontarlo. Pero... ¿qué haría, qué le diría? ¿Denunciarlo por mentiroso e impostor? Si lo hacía, todo el pueblo se le echaría encima y Luc y ella no podrían administrar Cranford.

¡Pero aquella tierra era suya! ¡Y con el tiempo pasaría a Luc! No podía permitir que Blake se saliese con la suya. No se lo merecía. Sin embargo... ¿qué podría hacer ella como la señora de Cranford, sola en aquella enorme casa con un bebé? Contempló el hermoso bosque sabiendo que no podría administrar sola aquella propiedad, ni siquiera con todos de su parte. La idea de ocuparse de una empresa tan enorme sin ninguna experiencia era aterradora.

Además, quería a Blake. Quería simular que todo estaba bien y que él la amaba porque sí, no porque tuviese sangre Bellamie. Quizá el matrimonio acabase mal, quizá él acabaría rechazándola. ¿Valdría la pena pasar por aquello para estar con el hombre a quien amaba de una forma tan estúpida y que le anulaba la mente? No lo sabía, no podía decidir nada.

Pálida y estremecida, se dirigió hacia la casa despacio, dándole vueltas el tema en la cabeza. Tal vez la amase de verdad. Tenía que creer en Blake, lo contrario la destrozaría.

–¡Anda, la caminata no parece haberle sentado demasiado bien! –exclamó la señora Carter cuando Nicole entró desconsolada en la cocina. Con el rostro pálido, ella se dirigió inmediatamente hacia Luc y abrazó el cuerpecillo cálido y adorable para consolarse.

–Tengo un terrible dolor de cabeza –murmuró, disponiéndose a darle de comer a su hijo.

Aquél era su futuro. El amor a Luc. Protegerlo, asegurarse de que él aprendiese a administrar Cranford. Pero... la conciencia le remordió, ¿qué pasaría con el pequeño Josef? Se llevó la mano a la garganta, y le sobrevino una arcada.

–¡Nicole!

Al oír la voz de Blake, amable y preocupada, cerró los ojos, luchando contra las náuseas y concentrándose en Luc, prendido a su pecho. Su hijo. Su propia sangre. Él nunca la traicionaría, era la única persona en la que podría confiar para tener un amor eterno, sin complicaciones.

–¡Cariño! –exclamó Blake, poniéndose en cuclillas frente a ella.

La química cargó el aire entre los dos, haciéndolo vibrar. Blake le tomó los brazos y una falsa sensación de calma y seguridad la tranquilizó.

–Es una jaqueca, nada más –se obligó a decir.

Pero, de repente, el dolor se hizo espantosamente real y ella lanzó un gemido.

–¿Qué puedo hacer? –los dedos de Blake le acariciaron la frente con delicadeza.

«¡Ámame!», quiso gritar ella. «¡Dime que te da igual que yo sea el medio para quedarte con Cranford, que sientes la misma pasión por mí que la que yo siento por ti!».

–Una buena taza de té, ¿qué le parece? –oyó que decía la señora Carter.

La sacudió otra arcada. Negó imperceptiblemente con la cabeza.

–No, gracias –susurró–. Quiero estar sola. A oscuras.

Nuevamente, él la acarició con tanto cariño que casi pensó que la quería.

–No puedo soportar verte así –le dijo con ternura.

«No», pensó ella amargamente. «¡Tu futuro no estará asegurado hasta que nos casemos! Me cuidarás como un granjero cuida a una calabaza para una exposición! Y luego...». Apretó los dientes. Cuando estuviesen casados ya habría cumplido con su propósito. Echó la cabeza hacia atrás, desesperada.

–Dame a Luc cuando acabes... –dijo él.

–¡No! –abrió los ojos, angustiada. ¡No le quitaría a su niño! Parpadeó y vio que la señora Carter la miraba boquiabierta. Se dio cuenta de la sorpresa de Blake cuando él dejó de acariciarle la frente–. Quiero tenerlo conmigo –susurró–. Además, estará listo para ir a la cama.

Cuando Luc acabó de comer y ella lo cambió y lo hizo eructar, Blake la ayudó a subir las escaleras. El contacto de sus manos y su cuerpo la estaba volviendo loca. ¡Él estaba viviendo una mentira!, se dijo tristemente.

Pero la esperanza y el amor hicieron que se preguntase si no sería verdad que él la adoraba. ¡Desde luego que la impresión que daba era que estaba realmente preocupado por ella!

Blake cerró las cortinas, oscureciendo la habitación.

–¿Quieres que me quede? –murmuró cuando la convenció de que se quedase en ropa interior y se metiese en la cama.

–¡Dame la mano! –exclamó, sin poder contenerse.

Él se la tomó con firmeza, dando la impresión de que deseaba que ella se mejorase porque era una de las personas más importantes de su vida. «Claro que lo eres», le dijo la odiosa vocecilla, «tú le proporcionarás la herencia que desea».

–¿Qué...? –se humedeció los labios resecos. Tenía que hacerle la pregunta. Tenía que saber cuál era su situación–. ¿Qué habría sucedido –dijo débilmente–, si hubieses sido una niña?

–Habría llevado vestido –murmuró él, divertido.

Ella frunció el ceño, irritada. No era momento de bromas.

–Me refiero a Cranford.

Blake le retiró el cabello de la frente y ella notó que los dedos le temblaban un poco. Luego él le besó el entrecejo.

—Tu padre habría sido el heredero —le dijo con voz ahogada y extraña.

—Entonces... va por la línea masculina.

—Sí, cariño. ¿Pero por qué te preocupas por eso ahora? —le preguntó, ligeramente tenso.

—Es verdad, ¿por qué?

Por primera vez en su vida ocultaba algo. Ahora que sabía que Luc era el heredero, sintió miedo por su hijo. Pensamientos terribles, poco caritativos, le invadieron la mente. Intentó tranquilizarse. Blake no le haría daño a Luc, era un hombre bueno.

Y sin embargo, mantenía en secreto lo de la herencia de Luc. Se casaba con ella por interés.

—Cariño, ¿te asusta convertirte en mi esposa y señora de Cranford?

Los ojos se le llenaron de lágrimas cuando los fijó en los brillantes ojos de Blake.

—Sí —dijo sinceramente, con voz débil y triste.

—Todo saldrá bien, yo te guiaré —murmuró él, besándole la mejilla con ternura.

—Blake... —dijo, examinándole el rostro—. Tú... me quieres, ¿no es cierto?

Él sonrió como si ella hubiese dicho una tontería.

—Eres lo más maravilloso que me ha sucedido en la vida, además del nacimiento de Josef.

Nicole cerró los ojos, intentando controlar la respiración, porque aquello no era lo que quería oír. Su mente desconfiada le decía que quizá fuese lo más maravilloso que le había sucedido, pero no porque él se hubiese enamorado de ella.

Se llevó la mano a la cabeza. Él estaba en peligro antes de que ella llegase. Alguien podría haberse enterado del secreto de su nacimiento. Pero casándose con ella estaría tranquilo. Después se cansaría de ser cortés y de fingir y la abandonaría.

–Te dejaré.

–¡Qué! –exclamó ella, abriendo los ojos, alarmada.

–Un rato. Para que te duermas y se te pase –le dio un rápido beso en la mejilla–. Comenzaré a hacer los preparativos de la boda. ¡Espero que tengas tanta prisa como yo por casarte! –le lanzó una sonrisa radiante y un beso y se marchó silenciosamente.

Nicole miró el techo. ¡Un noviazgo rápido, una boda todavía más apresurada! ¿Acaso no era sospechoso?

–Oh, por favor, ¡que sea verdad que me quiere!

Pero Nicole no tenía ni idea de cómo podría averiguarlo... quizá incluso lo hiciese demasiado tarde. Por otro lado, ¿cómo no tener remordimientos de conciencia con respecto a Josef? El niño esperaba heredar. Si ella no decía nada, lo haría. Si defendía a Luc y hacía lo correcto, el pequeño Josef lo perdería todo.

Era una situación terrible. Y no tenía ni idea de qué hacer.

Capítulo 13

NO QUISO comer. En la penumbra de la habitación, miró el techo, agradeciendo aquella terrible jaqueca que le impedía pensar en su situación.

Blake entró silenciosamente y ella cerró los ojos, deseando que se fuese, pero él se sentó junto a su cama. ¿Por qué la miraría tanto?, pensó irritada, ¿cuidaba de ella como de su cheque-comida?

Abrió los ojos. Él tenía un aspecto tan preocupado y cariñoso que el corazón le dio un vuelco. La besó levemente en los labios.

–¿Necesitas algo? –susurró él.

¡La verdad!, quiso gritar. En vez de ello, murmuró que estaría mejor sola. Luego decidió someterlo a una prueba. La descomponía jugar en vez de confrontarlo, pero quería darle oportunidad de que confesase.

–Estuve en el bosque hoy –murmuró.

Él dio un respingo y tardó un rato en contestar.

–¿Diste un paseo agradable?

–Me pareció verte –susurró ella débilmente–. Con alguien más.

Se hizo un silencio tan profundo que pareció envolverla como una manta.

–Un hombre que conocía a mi madre –dijo Blake.

Nicole esperó, pero él no dijo nada más.

–¿Alguien que venía a visitarla? –le preguntó, y la tristeza le llenó cada una de las células del cuerpo–. Ella sólo deja que tú y el pequeño Josef la visitéis. Ni siquiera me conoce a mí.

–Este hombre era un amigo especial.

–¿Un antiguo amante? –volvió a preguntar y arqueó

las cejas, intentando parecer divertida. «Por favor, dímelo», le rogó con los ojos. «Dímelo».

Blake se encogió de hombros.

–Tengo que marcharme. ¿Seguro que no necesitas nada?

Y la besó, con los labios fríos y los ojos con expresión distante. Se acercó a la puerta antes de que ella pudiese decir nada más.

Nicole cerró los ojos con fuerza. Él necesitaba tiempo. Se había sorprendido con la súbita aparición de su padre y necesitaba reflexionar.

–Seguro. Dormiré un rato –hasta logró sonreír débilmente–. Hasta luego.

Con expresión aliviada, él se marchó como si lo hubiesen soltado de la cárcel.

Nicole se quedó allí, temblando. Cuando Blake tuviese tiempo de analizar sus opciones, se daría cuenta de lo que tenía que hacer, se dijo. Y era maravilloso que hubiese conocido a su padre. Había sido un momento muy emotivo para ambos. Y terrible para ella.

La tarde pasó con lentitud. Finalmente durmió un rato. Se dejó convencer y tomó un pequeño plato de sopa. Asintió cuando Blake le dijo que Josef estaba ansioso por verla.

–¿Te encuentras mejor? –susurró el niño, entrando. Era idéntico a su padre y a su abuelo.

–Un poco. Mañana estaré bien del todo –respondió pensando en lo mucho que quería a aquel niño. Los ojos se le llenaron de lágrimas y, al ver aquello, Blake la tomó de la mano.

–Te he traído algo que hice en el cole hoy –dijo Josef, acercándose de puntillas hasta la cama. Le dio una caja de cereales pintada, con cosas pegadas que se caían por todos los lados. Consciente del honor que él le hacía, Nicole la recibió con seriedad.

–Cranford –dijo, al reconocer la enredadera pintada sobre la puerta, cuidadosamente recortada–. Gracias –dijo, desde el fondo de su corazón–. La guardaré siempre.

–Estoy seguro de que sería una mamá genial, papá –dijo Josef ilusionado, y les sonrió.

Blake inspiró y sonrió a Nicole. Ella se quedó petrificada, pero ya era demasiado tarde.

–Yo también –dijo él.

–¿Quieres decir...? –los ojos de Josef se abrieron como platos.

–Sí –rió su padre.

–¡Hala! ¡Oh! –exclamó Josef y se tapó la boca para ahogar su grito de júbilo–. ¡Qué guay! –susurró, una y otra vez, lo más bajo que le permitía su entusiasmo–. ¿Os vais a casar?

–En cuanto podamos –replicó Blake.

La mirada que le dirigió a Nicole fue de puro amor. Y ella se la devolvió, sonriendo con ciega felicidad, porque su mente estaba totalmente desconectada de su cerebro.

–¿Y serás mi mamá? –preguntó Josef, apretándose contra Nicole.

Ella lo estrechó con un brazo, rogando que todo saliese bien.

–Aunque ya tienes a tu madre, yo seré como una madre para ti –le dijo con ternura.

–¿Me harás tarta de chocolate con baño pringoso?

–Sí –dijo ella y el corazón le rebosó de amor por Blake y Josef.

–¿Iremos de picnic?¿Me regañarás cuado me caiga en el río? –dijo éste, entusiasmado.

–Desde luego que sí

–¡Qué feliz soy! –suspiró Josef–. Le podré enseñar a Luc a montar. Y a pescar. Y será mi hermano. ¡Y compartirá todo conmigo!

Nicole vio cómo Blake se ponía tenso.

–Creo que será mejor que dejemos que Nicole descanse ahora –dijo éste, carraspeando.

Josef la abrazó dulcemente y le besó ambas mejillas.

–Buenas noches –le dijo con tanta ternura y cariño que a Nicole se le cortó la respiración–. Oh, papi, ¿no es guay? –exclamó–. ¿Puedo salir y gritar un poco antes de irme a la cama? ¡Voy a explotar si no saco los gritos fuera!

–¡Claro! –rió Blake–. Sé cómo te sientes –se puso serio–. Yo me siento igual –le tembló la voz–. Nosotros somos así, Josef.

Se despidió de ella con un cariñoso beso y se marcharon. Josef lanzó gritos de júbilo.

Blake la amaba, se dijo Nicole. ¿O no? Luego recordó que Blake le había explicado lo que Josef era para él. Comprendió que él haría lo que fuese por su hijo.

Hasta casarse con una mujer a quien no amaba. Blake la había engañado, había engañado a todos. Tanto él como su madre habían vivido una mentira por interés, habían mentido sobre su padre.

Aquello le dolió tanto que no pudo ni llorar. Se dio cuenta de que Blake mantendría el secreto por el bien de su hijo. Y aquella mentira permanecería entre los dos como una llaga hasta que se convirtiese en una herida en carne viva.

Él se metió en la cama con ella más tarde y la abrazó delicadamente, como si fuese de porcelana. Nicole se quedó despierta mientras él dormía, adorándolo, indecisa entre callar para siempre o confesar que sabía la verdad. Sintió frío y aquello pareció despertarlo.

–¿Está peor el dolor de cabeza? –murmuró, adormilado–. ¿Quieres que vaya a buscar algo?

–No –susurró ella–. Ya se me ha pasado. Abrázame, Blake. ¡Abrázame!

Sorprendido por su pasión, él la estrechó en sus brazos y la besó con dulzura.

–¡Jaqueca! –dijo, fingiendo reproche–. ¡Y ni siquiera estamos casados!

Nicole logró lanzar una risilla pero no pudo hablar porque la tristeza la embargaba por completo. Esperaba que él dijese las palabras que deseaba oír, pero fue una espera vana.

–Tenemos que decírselo a mi madre. Presentarte

—dijo él, besándola—. Josef está ilusionadísimo. Me costó trabajo que se fuese a dormir. Me temo que tiene una larga lista de cosas que hacen los padres. Entre ellas, compartir la bañera.

—Me alegro de que esté contento —dijo, sonriendo de veras—. Es muy importante para ti, ¿verdad?

—Sí —le contestó Blake con voz ronca—. Quiero protegerlo para que no sufra. El problema es que sé que es imposible —murmuró—. Sufrirá. Es inevitable.

Su expresión le causó a Nicole un terrible dolor. También él encontraba imposible aquella situación. Deseó poder evitarle aquel dolor. No soportaba verlo así.

De repente, se dio cuenta de lo que tenía que hacer. Lo amaba tanto que el dolor de él era peor que el suyo propio. Tenía que hacer el sacrificio. Podría callar por amor, porque ella también quería a Josef, y estaba segura de que él se ocuparía del futuro de Luc.

—Hagamos el amor —susurró, porque, de repente, necesitaba unirse a Blake.

Ambos parecían necesitarse con idéntica desesperación. Se arrancaron la ropa. Él estaba caliente y duro y urgente y a ella no le importó que fuese por deseo en vez de verdadero amor. Quiso darle todo: su corazón, su alma, su mente y su cuerpo. Él sabría que ella le había entregado su amor sin vacilar... y por aquel amor, callaría aquel secreto.

La noche fue mágica. Blake parecía adorarla y Nicole decidió creérselo. Gimió de placer, alentándolo, arqueando su cuerpo. Jugó con él hasta hacerlo gemir de frustración y deseo. Pero luego se unieron, trémulos de pasión. Lentamente se movieron con un ritmo perfecto, mirándose, hasta que ella vio que Blake echaba la cabeza hacia atrás y jadeaba. Entonces sintió los acelerados latidos de su corazón y luego se entregó al exquisito placer del clímax compartido.

—Te quiero —susurró después, cuando él la besó apasionadamente.

—¡Oh, Nicole! —exclamó Blake, con voz desgarrada, hundiendo el rostro en su cuello.

Ni una palabra de amor. De ahí en adelante tendría que aceptar aquello, aunque le doliese.

Al despertarse pronto por la mañana, Blake ya se había marchado. Habría ido a liberarse de la culpa con una cabalgada, pensó Nicole con una sonrisa. Habría muchas otras cabalgadas en el futuro, se imaginó. ¿Cómo haría ella para mantenerse cuerda?

Después de darle de mamar a Luc y de tomar el desayuno, decidió salir a dar un paseo para despejarse un poco y asimilar la decisión que había tomado de guardar aquel secreto.

Mirando el cochecito que empujaba, no se dio cuenta de que iba hacia Blake hasta que ya fue demasiado tarde. Él se hallaba de pie junto al lago con Midnight, viéndola acercarse. Se detuvo, desconcertada. El corazón se le aceleró. Deseó correr a sus brazos, pero él parecía distante, con los ojos preocupados y el rostro serio. Nicole sintió una súbita aprensión.

–¿Qué pasa? –le preguntó, sin acercarse del todo a él. El aire la despeinó.

–Tengo que hablar contigo –le anunció, con expresión de dolor.

–¡No! –protestó–. No quiero oír nada... –sería el final de su relación porque él se marcharía.

–Nicole, ven a sentarte –le dijo secamente. Acercándose, le puso el freno al cochecito y la hizo sentarse en la hierba–. ¡Tienes que hacerlo! –dijo con voz ronca–. Se trata de tu padre.

–¿Mi padre? –preguntó, sorprendida.

–Hablé con mi madre de él –dijo Blake rápidamente–. Ella ha reconocido que mintió. No sabe por qué se marchó él, sólo que desapareció de la noche a la mañana. Mis pesquisas confirman que era un hombre bueno, Nicole. Un artista genial. Todos lo querían, tenías razón. Te pido disculpas, me equivoqué al creer en ella. Por favor, perdóname.

–Por supuesto –dijo Nicole mecánicamente–. Es comprensible que la creyeras a ella y no a mí.

–Perdónala a ella también, si puedes. Sólo intentaba protegerme. Se ha pasado la vida poniendo mis intereses por encima de todo. Se arrepiente profundamente de sus calumnias. ¿Quieres saber por qué mintió?

–¡No! –susurró ella, viendo lo mucho que sufría él. Esbozó una sonrisa y deseó poder escapar de allí–. ¡Sólo quiero amarte, ser tu esposa, nada más, Blake! ¿Lo comprendes? ¡Nada más!

Vio la angustia que lo recorría mientras él hacía de tripas corazón para rechazar su herencia y arruinar el futuro de Josef. Entonces, lo besó apasionadamente, saboreando sus labios.

Pero Blake se apartó, el rostro ensombrecido. Y se dio cuenta angustiada de que él no se callaría.

–No quería que yo me pusiese en contacto con tu padre. Es que... verás... yo no soy el heredero legítimo de Cranford –dijo Blake en un susurro ahogado.

Nicole cerró los ojos. Él había optado por lo correcto y con ello se había destruido.

Al ver la pena en el rostro de Nicole, Blake supo que nada de lo que él hiciese lograría recuperar su confianza. Nunca se había sentido tan mal. No sólo perdería Cranford, sino también a Nicole, pero era incapaz de engañarla y quitarle el derecho a su hijo de ser el verdadero dueño de la propiedad. Una terrible frustración lo hizo explotar.

–¡Tengo que decírtelo, no puedo aguantar más tiempo! ¡Mi madre tuvo un amante! ¡Soy hijo de aquel amante, soy un bastardo! ¡Aquel hombre que viste es mi verdadero padre, Nicole!

Nicole se mordió el labio. Blake se imaginó lo que pensaba y no se sorprendió al oírselo decir.

–¿Por eso me lo dices? –preguntó ella débilmente–. ¿Porque ha aparecido tu padre y estabas a punto de ser desenmascarado?

–No, en absoluto. ¡Pero yo no quiero que se esconda! ¡No me avergüenzo de él! Antes de que nos comprometiéramos, lo quería todo: tú, él, Cranford... ahora me doy cuenta de que es imposible. Iba a decírtelo incluso antes de que apareciese él, estaba esperando el momento idóneo. Así que ya lo sabes. No tengo sangre Bellamie. La herencia no puede pasar a mí. Luc es el heredero.

Hizo una pausa, esperando que Nicole hablase. Ella parecía en estado de shock, y no era para menos. Tragó antes de dar el último paso.

—Sé que creerás que quería casarme contigo porque eso me permitiría quedarme aquí... —dijo, con la voz ronca por la emoción.

—¿Se te ocurrió hacerlo en algún momento? —susurró Nicole, espantada.

No podía mentirle en aquel momento. Era la verdad o nada.

—Cuando me enteré de quién eras y me di cuenta de cómo nos atraíamos sexualmente —le dijo, avergonzado–, pensé que aceptarías vivir conmigo, compartir los beneficios de Cranford...

—Nada de matrimonio.

Dios. Qué feo parecía todo.

—En aquel momento, no.

—¿Qué te hizo cambiar de opinión? ¿Por qué me propusiste matrimonio? —le preguntó, triste.

El reproche de aquellos ojos lo perseguiría toda la vida.

—No lo sé —reconoció en un suspiro ahogado–, surgió. Yo fui el primer sorprendido. Fue algo que salió de dentro de mí. Del fondo de mi alma... ¡demonios! –gimió–. Sé que me odiarás y no te culpo. Me iré en cuanto pueda. Te lo dejaré todo –tragó, incapaz de hacerse a la idea–. Dame tiempo para que se lo comunique a mi madre y a Josef. Y para que me despida de todos.

Nicole sintió que se le partía el corazón. ¿Qué querría decir con eso de «algo que salió del fondo de mi alma»?

—Di algo —susurró él–. ¡Por el amor de Dios, di algo!

—No puedes hacerle esto a Josef —dijo, trémula.

—Tengo que hacerlo —contestó Blake, apretando la mandíbula–. Él lo comprenderá.

Del fondo de su alma...

Ella enderezó la cabeza. No podía hacer que Josef y

Blake pasasen por aquello. Nunca se perdonaría a sí misma. Sacrificaría lo que fuese por la felicidad de los dos.

—No será necesario que lo haga.

—¿Qué? —preguntó Blake, sorprendido.

Ahora que la verdad había salido a la luz, ella no podía quedarse allí si él no la quería. Le dejaría pista libre.

Sin embargo... si Blake la amaba de veras... y en el fondo de su corazón ella creía que era así, podría tener todo lo que desease. Su felicidad pendía de un hilo.

Del fondo de su alma... ¡Dios quiera que fuese verdad!

—Volveré a Francia —anunció—. La sangre no es lo importante. La persona lo es —dijo—. Josef y tú sabréis administrar Cranford mucho mejor que yo. Luc no sabe nada y nunca se enterará de lo que ha sucedido. Quédate con Cranford. Le has dado tu amor y tu dedicación todos estos años y te lo mereces.

Blake se la quedó mirando como si no pudiese comprender lo que ella decía.

—Tú... tú rechazarías una vida regalada... ¿por mí? —preguntó finalmente con voz quebrada.

—Por supuesto —Nicole sonrió—. No puedo expresar con palabras el amor que te tengo —le dijo con sencillez—. Quiero que seas feliz.

—¡Pero no lo sería! —exclamó él, furioso—. ¿Cómo podría ser feliz?

Fue ella quien se lo quedó mirando ahora con el pulso acelerado.

—¿Y porqué no? —preguntó, con toda la inocencia que pudo—. Tendrías Cranford. A Josef. ¿Qué más necesitarías?

—¡A ti! ¡Me faltarías tú! —exclamó él, con la cabeza inclinada, una mueca de angustia en el rostro.

—Sí —dijo Nicole, intentando disimular su alegría—. Yo estaría en Francia.

—Entonces, ¡te seguiré allí! —Blake, serio, la tomó en sus brazos—. Te demostraré que te quiero, aunque tenga que cortejarte los próximos diez años —le dijo apasionadamente—. ¡Necesito estar contigo, Nicole! No me puedo imaginar la vida sin ti. ¡Cuando me di cuenta de ello, la intensidad de mis sentimientos me aterrorizó! Probablemente te amé desde el momento en que te vi, pero fui demasiado estúpido entonces. Si quieres que sea feliz, sé mi esposa. No quiero nada más. Sé que no puedes confiar en mí y esperaré lo que sea necesario hasta que te des cuenta de mi amor. Te quiero para mí. Y para Josef también. Quiero que seamos una familia, que vayamos de picnic juntos...

–Que compartamos la bañera... –sugirió Nicole, feliz, con expresión maliciosa.

Blake la apartó de sí para examinarle el rostro, divertido.

–¡Déjame que siga! –exclamó–. ¡Te quiero, Nicole! Tanto, que me duele. Sólo puedo pensar en ti. Quiero estar contigo todo el tiempo. Tocarte, mirarte...

Se apoderó de la boca de Nicole, de un modo posesivo y exigente. Ella le rodeó el cuello con los brazos y se rindió ante el beso.

–Es una pena que tengamos que irnos hasta Francia –le murmuró al oído.

–¿Nicole? ¿Amor mío? –susurró, la esperanza haciéndole temblar la voz.

–Creo que me quieres, que a los dos nos atravesó la misma flecha.

–En cuanto te vi –dijo.

–Entonces, ¿qué te parece si nos quedamos aquí? Los niños pueden compartir Cranford. Y los demás niños que podamos tener también podrán compartirlo.

–¿Otros... niños? –preguntó con voz ronca.

–¿Crees que voy demasiado rápido? ¿Qué soy una descarada?

–¡Te quiero tanto! –exclamó, abrazándola.

–Está oscureciendo. Abre las cortinas un poco más y deja que entre la última luz del día, querido Josef –susurró Kay Bellamie, sin aliento.

El sol entraba a raudales, pero Josef supo que era a ella a quien se le estaba escapando la luz. Abrió la ventana y vio a Blake, su hijo, y a la hija de Giles Bellamie de pie abrazados con cariño.

–Espero que Blake comprenda por qué le mentí sobre Giles. Me siento muy mal de haberlo hecho. He sido una egoísta. Estaba equivocada –se angustió Kay–. Y su sentido del honor hará que pierda Cranford...

–No. Un milagro ha hecho que sea suya para siempre –dijo Josef con ternura.

Ella tenía que saberlo, así que se sentó junto a Kay y le relató lo que Blake le había contado: que la joven que había ido a esparcir las cenizas de su padre era la hija de Giles. La mujer de la cual Blake se había enamorado. La vida había completado su círculo.

–Serán felices juntos, quédate tranquila –le dijo. Al ver las lágrimas en su rostro, rogó no haberle producido una conmoción demasiado grande–. Kay –le dijo con ternura, acariciándole la mano–, ¿eres feliz por fin?

Ella esbozó su antigua sonrisa, radiante, que le iluminó los ojos color azul celeste.

–Sí. Gracias por decírmelo. Por estar a mi lado. Te quiero, Josef, siempre te querré.

–Te he amado toda la vida, Kay. No he amado a ninguna otra mujer. Sólo a ti –le dijo y, conteniendo las lágrimas, la besó dulcemente en los labios. Al hacerlo, sintió cómo ella se relajaba y la vida se le escapaba con un suave suspiro.

Josef no vio una mujer envejecida por el dolor, sino a la hermosa joven de quien se había enamorado perdidamente.

–Nos volveremos a encontrar –le dijo con ternura.

Levantó la cabeza y vio a través de las lágrimas a Blake y Nicole acercándose a la casa tomados de la mano. Ya les diría más tarde lo de Kay. La paz que ella había tenido al final.

Una mariposa entró por la ventana. Era una commonblue, color azul celeste. Revoloteó por la habitación, batiendo las alas contra el cristal. Suavemente, con reverencia, Josef la envolvió con sus manos y, con el corazón lleno de amor, la dejó marchar.

Acepte 2 de nuestras mejores novelas de amor GRATIS

¡Y reciba un regalo sorpresa!

Oferta especial de tiempo limitado

Rellene el cupón y envíelo a
Harlequin Reader Service®
3010 Walden Ave.
P.O. Box 1867
Buffalo, N.Y. 14240-1867

¡Sí! Por favor, envíenme 2 novelas de amor de Harlequin (1 Bianca® y 1 Deseo®) gratis, más el regalo sorpresa. Luego remítanme 4 novelas nuevas todos los meses, las cuales recibiré mucho antes de que aparezcan en librerías, y factúrenme al bajo precio de $3,24 cada una, más $0,25 por envío e impuesto de ventas, si corresponde*. Este es el precio total, y es un ahorro de casi el 20% sobre el precio de portada. !Una oferta excelente! Entiendo que el hecho de aceptar estos libros y el regalo no me obliga en forma alguna a la compra de libros adicionales. Y también que puedo devolver cualquier envío y cancelar en cualquier momento. Aún si decido no comprar ningún otro libro de Harlequin, los 2 libros gratis y el regalo sorpresa son míos para siempre.

416 LBN DU7N

Nombre y apellido   (Por favor, letra de molde)

Dirección   Apartamento No.

Ciudad   Estado   Zona postal

Esta oferta se limita a un pedido por hogar y no está disponible para los subscriptores actuales de Deseo® y Bianca®.
*Los términos y precios quedan sujetos a cambios sin aviso previo.
Impuestos de ventas aplican en N.Y.

SPN-03   ©2003 Harlequin Enterprises Limited

BIANCA®

Él sólo la quería para una noche...
pero ella se quedó embarazada.

El millonario español Raúl Carreras no conseguía entender por qué su hermano había podido enamorarse de una mujer como Nell Rose. Pero tampoco comprendía por qué él también acabó encontrándola irresistible... ni por qué de pronto necesitaba que ella se quedara en su casa... al menos hasta que consiguiera llevársela a la cama.

Quizá se hubiera visto obligada a vivir bajo el mismo techo que Raúl, pero Nell sabía que no podría seguir resistiéndose a él por mucho tiempo cuando lo que más deseaba era dejarse llevar por la atracción que sentía por él. Fue entonces cuando se quedó embarazada... ¿se atrevería a contárselo?

UNA BELLEZA IRRESISTIBLE

Kim Lawrence

Deseo ®

EL HOMBRE MÁS DESEABLE

Anne Marie Winston